Impressum:

Text: Ernst Perfahl
Bilder: Ernst Perfahl
Lektorat: Christine Schmidhofer
Erschienen im Verlag Nina Roiter, Linz 2020

ISBN: 978-3-903250-40-6

Verlag Nina Roiter
Der Oberösterreichische Verlag

ATSCHA
reloaded

Die Straße des Glücks beginnt in einem Analytik-Labor und endet auf einer griechischen Insel

Roman von Ernst Perfahl

Verlag Nina Roiter
Der Oberösterreichische Verlag

G E N

Es geschah einmal in einem Analytik Labor, dass der mit dem Atomabsorbationsspektralphotometer gemessene Wert nicht mit den Wünschen des Probeneinsenders korrelierte. Bei der Probe handelte es sich um ein Futtermittel der FAKRAWI und bei dem Wert um den Cadmiumgehalt. Der Gehalt darf höchstens 100 ppb (Parts per Billion) betragen. Bei dieser Probe wurden aber 5 ppm (Parts per Million) gemessen, das sind 5000 ppb. Petra, die Laborantin, musste die Probe mehrmals verdünnen, damit der Wert in der Eichreihe lag. Petras Chef, der Leiter des Labors Kleinwert Analytiks, war entsetzt. Die Probe wurde nochmal gezogen, nochmal vermahlen und diesmal auf einem ICP (indouced coupled plasma) Gerät gemessen. Mit dem gleichen Ergebnis.

Herr Hochofener von der Firma Krawie versuchte den Cadmiumwert mittels eines hübschen Sümmchen Geldes niedriger zu bekommen, was aber an der Integrität von Dr. Eichelbaumer scheiterte. Es blieb bei 5 ppm. Für Krawie und Herrn H sehr fatal, weil eine große Charge des Futtermittels eingestampft werden müsste, was einen Verlust in Millionenhöhe bedeuten würde. Daher sann Herr H, ein fescher Mittfünfziger, nach Alternativen, um den Cadmiumgehalt zu senken. Er hatte eine Bekannte, Vivian, Zartrfein genannt, weil sie zart und fein war, sie arbeitete bei der Firma Genmanip als Chemikerin. Sie freute sich über den Anruf von Herrn Hochofener. Bereits am selben Abend saßen die beiden in der Bar bei Hans, ein Pianist spielte und die Atmosphäre war schwül. Bei einem Becher Caipirinha und einigem Geflirte kam H zur Sache und fragte Zartfein, ob sie nicht vielleicht eine Laborantin namens Petra von der Firma Kleinwert-Analytics kenne. Ja, kenne sie von der Chemie HTL und treffe sie noch heute ab und zu.

So nahm der Abend seinen Lauf und Herr Hochofener gab dann zu Hause bei Zartfein sein Bestes, damit sie nicht etwa auf die Idee komme, es ginge ihm um Petra.

Am nächsten Tag, der Einstampftermin rückte immer näher, besuchte H Zartfein in der Firma Genmanip. Bei einem Tässchen Café erzählte sie ihm, von den gegenwärtigen Manipulationen an Schweinen. Vor Jahren schon wurde Schweinen ein neuntes Rippenpaar an- gezüchtet, damit Schopf und Karree länger wurden. Heute hatte man es gerade geschafft, noch drei Rippenpaare anzuzüchten, da das Genom des Schweines mittlerweile dank Sequenzer der Firma Perkin Elmer vollständig entschlüsselt war. Zartfein erzählte, dass diese langen Schweine heranwuchsen und gediehen, nur waren sie so lang, dass der Bauch am Boden schleifte. Daher ging es momentan darum, dem Schwein einen fünften Fuß am Bauch anzuzüchten. Herr H hörte sich dies und sämtliche Schwierigkeiten mit dem fünften Haxen geduldig an und fragte dann mutig nach Familiennamen und Telefonnummer von Petra, wegen geschäftlichem Interesse. Zartfein, voll in Gedanken bei Schweinefüssen gab H die Information, worauf dieser alsbald die Firma Genmanip verließ.

Bei Analytik Labors ist es Brauch, sogenannte Enqueten durchzuführen. Möglichst viele Labors bekommen die gleiche Probe, alle müssen sie analysieren und je näher ein Labor beim statistischen Mittelwert liegt, desto besser. Proben sind z.B. Gräser, analysiert wird auf Pb, Cd, Cu, Fe, Zn, Mn, Hg, Ca, Ka, Ph, B, Mo, Etwaige Ausreißer werden vorher bereinigt. Diese Labors, die so krass danebenliegen, bekommen dann die nette Nachricht, dass noch Bedarf an prinzipieller Arbeit bestehe.

Nun rief Herr H bei Petra an und gab sich mit tschechischem Akzent als Professor für Spurenanalytik aus, der an so einer Enquete mitwirken möchte. Petra war sehr erfreut, für die nächste Enquete auch einen Mitbewerber aus der Tschechei zu haben. Nach einer Weile ersuchte Hochofener Petra, ihm die Stadt etwas zu zeigen. Petra, zwar eine ausgezeichnete Analytikerin, aber eine grottenschlechte Menschenkennerin, weswegen sie schon in mehreren fragwürdigen Abenteuern verstrickt gewesen war, dachte, ein Nachmittag mit so

einem tschechischen Professor mit angenehmer Stimme sei sicherlich nett, und sagte zu.
Nach einer beschaulichen Stadtbesichtigung, Altstadt, Schlossberg, Ars Electronica Center und einem gepflegten Abendschmaus im Restaurant Kubus mit Blick über Linz gab sich der tschechische Professor zu erkennen und sprach über sein Cadmium-Problem.
„Oh, deswegen ihr Interesse an mir und Linz?"
„Liebe Petra, die Umstände sind zwar blöd und die Optik ist schlecht, aber es freut mich wirklich sehr, dich (man war mittlerweile per du) kennengelernt zu haben."
„Gleich vorweg" meinte Petra, „ich bin nicht bestechlich, aber ich habe einen Vorschlag: Lass doch die Probe von einem anderen Labor gegenuntersuchen, möglich, dass die weniger Cadmium finden. Ist zwar unwahrscheinlich, aber doch eine Chance. Ich gebe dir die Adresse eines Großlabors, die sind zertifiziert, nehmen eine Probe, ansonsten könntest du denen ja irgendwas schicken. Die Probe kommt in ein Atomkraftwerk, und wird dort radioaktiv bestrahlt. Anschließend messen sie die Elemente mittels Zählrohrs (Geigerzähler). " Herr H brachte Petra heim und gab ihr, ganz Gentleman; einen Abschiedskuss auf die Wange. Er ging zum Auto, Petra sah sich an der Tür nochmal um und winkte ihm zum Abschied zu.
Nun, nächsten Morgen, der Einstampftermin rückte in beängstigende Nähe, kontaktierte H diese Firma (Firma Multiscan). Diese beprobte die Charge noch am selben Tag und die Proben gingen ins nahegelegene AKW. Es ist nicht sehr weit weg von Linz in Tschechien und Herr H kam auf die glorreiche Idee, die Proben dort gegen nicht Cadmium kontaminierte auszutauschen.
Dr. Eichelbaumer und Petra arbeiteten bereits an einer Anzeige gegen Krawie, aber es durfte wegen Verschwiegenheitspflicht nichts nach außen gelangen. Durch das Atomabsorptionsspektralfotometer (AAS) liefen andere Proben mit manierlichen Cd Werten. Auch Blei, Eisen, Kupfer Zink und Mangan wurden gemessen. Wenn alles gut lief, hatte Petra einen ruhigen Job. Vom AAS aus konnte man die Werte direkt

ins Excel exportieren, und im Vergleich mit der Eichreihe ausrechnen. Im Vertrauen auf Gott, Gerät und Petra unterschrieb dann Herr Eichelbaumer die Zeugnisse.

Zartfeins Chef, Prof. Abdullah Ribonukleo aus Desoxidistan war derweilen bei den Forschungsarbeiten über das fünfte Bein am Bauch des langen Schweines einen Schritt weitergekommen. Es gelang ihm nämlich, das Bein anzuzüchten. Einige fünfbeinige Ferkel quiekten schon in den Stallungen herum – in seltsam hüpfendem Gang. Aber damit nicht genug. Es wurden Versuche durchgeführt um mittels Gabe verschiedener Hormone das fünfte Bein nachträglich wachsen zu lassen. So würden die armen langen Schweine, deren Bauch am Boden dahinschliff eine Unterstützung bekommen und würden (hoffentlich) wieder normal herumrennen können. Aber, wie gesagt, das war erst einmal ein Versuch. Zartfein pipettierte fleißig herum, mischte, destillierte, dekantierte und vibrierte um das Unmögliche möglich zu machen. Beim Vibrieren dachte sie manchmal an Herrn H.

Da ja der Einstampftermin kurz bevorstand beschaffte sich Hochofener über das Internet Pläne von nahen AKW, dorthin sandte die Firma Multiscan die Proben zum Bestrahlen.

Das AKW war gut bewacht, elektronisch und personell. Wenn man als Nicht-Mitarbeiter etwa über eine Sperrlinie schritt, ertönten ohrenbetäubende Signaltöne und überall blinkten rote Lampen. Die Mitarbeiter rannten durcheinander wie die Ameisen. Folglich besorgte sich H auch Pläne über die Stromversorgung und auch über die Notstromversorgung. Er war derart gestresst, dass es ihm nicht einmal mehr Freude bereitete, mit einer AKW Mitarbeiterin zu schlafen, also wandte er sich an einen bekannten Hacker, er möge sich in das PC-Netz des AKW einhacken. Bei H piepste das Handy Die hübsche Petra von Kleinwert-Analytiks war am Apparat. Erst war H erfreut, doch bald verfinsterte sich seine Miene. Petra sagte nämlich, sie werde am Nachmittag kommen, und die beanstandeten Proben markieren, als nicht zum Verkauf freigegeben – bis die Gegenanalyse fertig sei. In fürchterlicher Hektik begann Hochofener mit seinen

Mitarbeitern eine gigantische Umfüllaktion, Sand wurde anstatt der beanstandeten Proben in die nummerierten Säcke gefüllt und so konnte ein Teil der cadmiumbelasteten Chargen gerettet werden. (Die großen Säcke waren nämlich schon von Kleinwert-Analytics markiert worden). Diese wurden sicherheitshalber sofort zum Verkauf ausgeliefert. Cadmium hin oder her. Aber das waren nur 200 kg, die übrigen 20.000 kg konnte nur noch die Gegenprobe retten.

Petra erschien und H empfing sie mit einem verlegenen Lächeln. Im Back-office hackte sich M. Mousepad gerade ins AKW ein. Erbarmungslos umwickelte Petra Sack für Sack mit rot weiß gestreiftem Klebeband und Siegel: „Nicht für den Verkauf geeignet“. H wischte sich den Schweiß von der Stirn Nach einigen Tagen – der Einstampftermin rückte bedrohlich näher – hatte M. Mousepad eine Malware entwickelt, welche Strom und Notstrom abschalten sollte, er nannte ihn STUXNIX Virus. Die Programmiererei war teuer und dauerte lange. Doch dann versuchte Mousepad den Virus via E-Mail einzuschleusen. Dies schien auch zu gelingen und die Stromabschaltung sollte um zwölf Uhr erfolgen. H bereitete sich vor, er hatte alle Pläne studiert und wusste, wo im Reaktor seine Proben zur Bestrahlung gelagert waren. Um Mitternacht machte es „Klonk“ und es war finster.

H irrte in den Innenkammern des AKW umher, der Kegel seiner Taschenlampe erfasste Rohre, Leitungen, Steuertafeln, Dreh- und Schieberegler und vielerlei Gerätschaften, welche H noch niemals gesehen hatte. Manchmal eilte ein AKW-Mitarbeiter, auch mit Taschenlampe, vorbei. Überall war ein gefährliches Zischen und Rauschen zu hören. Wenige rote Notlämpchen waren zu sehen (wahrscheinlich not-not Lämpchen, mit Batterie gespeist). H hielt zwar den Plan des AKW in Händen, hatte aber trotzdem keine Ahnung, wo er sich befand. Zwei Angestellte in weißen Mänteln kamen ihm entgegen, und ahnten sofort, dass H hier ein Tourist war, mit dem Plan in der Hand. „Wo wollen Sie hin?“

„In den Probenbestrahlungsraum“ Durch diese präzise Antwort schienen die beiden beruhigt und dachten, dass er sich auskenne.

„Geradeaus – durch die dicke Bleitür in den Hauptreaktor, dann wieder die zweite Tür rechts hinaus, die Treppe hinunter. Und beeilen Sie sich, die Temperatur im Reaktor ist stark im Ansteigen. Jemand hat Strom und Notstrom abgeschaltet, somit die Kühlung und die Notkühlung. Kompliment an dieser Stelle für Herrn M. Mousepad. „Ich würde Badebekleidung empfehlen“ rief noch einer der beiden. H drückte die dicke Tür zum Reaktorkern auf. Bläuliches Schimmern der Brennstäbe unter Wasser, oder was immer das für eine Flüssigkeit war. Ein Alarmton begann: Woummp wouump wouump. Das Wasser brodelte. In der Schaltzentrale standen ratlose Männer vor unglaublich vielen Monitoren, von denen aber nur die wenigsten in Betrieb waren. Anscheinend gab es noch einen Not-Notstromkreislauf für die ärgste Not. H begann zu schwitzen und als er die Ausgangstür gefunden hatte, eilte er hinaus in den finsteren Gang. Er brauchte seine Taschenlampe nicht, da er selbst genug strahlte, um sich orientieren zu können. H fand die Stiege und den Zugang zum Sample Room. Es war eine riesige Halle mit langen Regalen voller Proben. Alle hatten eine Seriennummer der Firma Multiscan. H, den gerade noch die Angst vor dem Einstampftermin aufrecht hielt, rief mit dem Handy, welches dank Iridium eine Verbindung aufbauen konnte, seinen Hacker M. Mousepad an, und bat ihn, die Nummer zu cracken. M. Mousepad sagte: „Mein Handy glüht grünlich – wo bist du?“
„Im Probenbestrahlungsraum“ „Alter, geh sofort raus da, das ist tödlich“ H verließ den Raum, und nach einiger Zeit – es wurde immer heißer - hatte M die Nummer gecrackt, gab sie durch M. Mousepad und bemerkte vor dem Spiegel, dass nun auch sein Ohr grün leuchtete. Da er vorhatte, abends noch in die Disco zu gehen, es war mittlerweile fünfzehn Uhr, rief er H zurück, diesmal hielt er das Handy ans andere Ohr, und fragte H, wie es ihm gehe. Der hatte gerade die Proben gefunden, leerte sie aus und befüllte sie mit nicht kontaminierten Futtermittelproben. Die mit Kadmium verseuchten Proben schüttete er auf den Boden. Sie leuchteten gelblich M. Mousepad hatte nun zwei

grün leuchtende Ohren und begab sich in die Disco, wo er der Star war und flirtete, bis er nichts mehr hören konnte.

Petra, die gerade Blei in Gräsern analysierte dachte an H und sie konnte sich nicht vorstellen, was der gerade trieb. Die Grasproben mussten zuerst getrocknet werden. (Bestimmung der Trockensubstanz durch Auswage vor und nach dem Trocknen. Dann wurden die Proben fein vermahlen und 1g eingewogen in sogenannten Aufschlussgläser. Dann kam Salpetersäure hinzu und das Ganze wurde aufgekocht, bis sämtliche organische Bestandteile in Form von Nitrosen Gasen abgeraucht waren. Nun wurde mit Wasser verdünnt und mit dem ICP[1] oder AAS[2] gegen eine Eichreihe gemessen.

H irrte in den dunklen Gängen umher, und wenn er an sich hinabblickte, konnte er sein Skelett sehen. Etwas schummerig war ihm auch zumute. Als er glaubte, nie mehr herauszufinden, ging plötzlich das Licht an und der wummernde Alarmton verstummte. Die wenigen Herren im Kontrollzentrum (der Großteil ist abgehauen) hatten es offenbar geschafft, den Strom wieder einzuschalten.

Die Kühlpumpen surrten los und es sah so aus, als wäre die Gefahr eines Melt-down und Supergaus gebannt. Die Temperatur im Reaktorkern sank und alle ließen sich erleichtert in ihre Sessel plumpsen. Doch alsbald hob es sie wieder aus ihren Sitzen. Auf einem Kontrollmonitor entdeckten sie ein Skelett, welches durch die Gänge wankte.

Auch im Labor von Prof. Ribonucleo war die Ruhe dahin, weil einige Langbauchschweine aus den Versuchsstallungen ausgebrochen waren. Zartfein, immer besorgt um das Wohl der Firma, rannte hinterher und versuchte, sie einzufangen. Aber vergeblich, sie waren schon abgehauen. Prof. Ribonucleo war wütend. Die Perkin-Elmer Sequenzer arbeiteten auf Hochtouren um die letzten Gen-Sequenzen zu entschlüsseln. Zartfein dachte öfter an H, und sie beschloss, ihn

[1] Inductively Coupled Plasma

[2] Atom Absorptions spektral photometer

anzurufen. Sie ließ es läuten, aber er hob nicht ab. Plötzlich ließ sie mit einem spitzen Schrei das Handy fallen. Es war glühheiß geworden. „Ich bin verliebt“ stellte sie erstaunt fest. Sie widmete sich wieder dem Sequenzer. Im Radio gab's Nachrichten. Die üblichen Kämpfe, Unruhen, Flüchtlinge, Islamisten und bei uns gottlob nur Verkehrsstaus. Aber weswegen! Zartfein und Ribonucleo horchten auf. „Eine Menge sehr langer fünfbeiniger Schweine liefen vor einem bläulich leuchtenden Skelett davon.“

„Das sind unsere SLP´s (super long pigs)“ schlussfolgerte Ribonucleo haarscharf. Die nächste Meldung handelte von einem Störfall im Reaktor Bohunice. Knapp am Meltdown vorbeigeschrammt. Erhöhte Radioaktivität zu erwarten.

Petra und Dr. Eichelbaum hörten auch die Nachrichten. „Das können nur dem Ribonucleo seine Säue sein“ sagte Dr. E. „Aber das Skelett?“

H begab sich zum Arzt und klagte ihm sein Leid. Der Doktor holte schnell eine Bleischürze und verbarg sich dahinter. H hatte Schmerzen und es war ihm etwas übel. Der Herr Doktor wunderte sich, dass er noch lebte. Er untersuchte ihn vorsichtig und eingehend.

„Ein Röntgen können wir uns ja sparen“ meinte er und besah sich H´s strahlende Gebeine.

H wurde in ein Krankenhaus mit einer Dekontaminationskammer gebracht. Dort gab's große Aufregung wegen des grün strahlenden Gerippes. Eine Schwester fiel in Ohnmacht. Später wurde er mit Microzeolith, Heilerde, Apfelpektin, AFA Algen und Magnesium behandelt, wodurch seine Strahlung deutlich nachließ, und man sein Gerippe nicht mehr sehen konnte. Nur ein bläulicher Schimmer bedeckte noch seinen Körper, und Herr H dachte, dass sich das mit entsprechender Kleidung kaschieren ließe.

In der Firma Gen man machte sich Herr Doktor Ribonukleo die größten Sorgen. Es sollte doch niemand etwas von den SLP´s erfahren. Also organisierte Zartfein sich einige Polizisten und auf ging´s auf Schweinejagd. Die fünfhaxigen Schweinderln erwiesen sich als äußerst flink. Stehend auf dem Bauchbein konnten sie am Stand umkehren und in die Gegenrichtung abhauen. Da taten sich die zweibeinigen Verfolger schwer. Zartfein, mutig wie immer, warf sich auf eine Sau, um sie zu stoppen. Die Sau drehte sich auf ihrem Mittelfuß im Kreis, sodass Zartfein, von der Fliehkraft getrieben, im hohen Bogen abflog. Ein Polizist knallte auf den Boden, die Sau war einfach schneller. Man fuhr mit schwerem Gerät auf und die Bewaffnung wurde effizienter. Narkosegewehre. Fast hätte ein Polizist die Sau getroffen, wäre sie nicht weggelaufen, so traf er einen Kollegen, der seufzend zu Boden ging. Während sich die Polizisten um den betäubten Kollegen kümmerten, erarbeiteten die Säue sich einen ordentlichen Vorsprung. Leider wurde eine von einem Auto überfahren und getötet. Eine andere wurde von einem Fleischhacker mittels eines Apfels in sein Geschäft gelockt und sogleich abgeschlachtet. Eine weitere wurde tatsächlich von Zartfein gefangen und am Boden fixiert. Es ergab sich eine Art Patt Situation. Sobald Zartfein lockerließ, versuchte die Sau zu entkommen. So oder ähnlich stellt man sich die Arbeit eines Instrumentellen Analytikers vor. Ist a Bisserl anders. Die meiste Zeit sitzt man vor dem Computer.

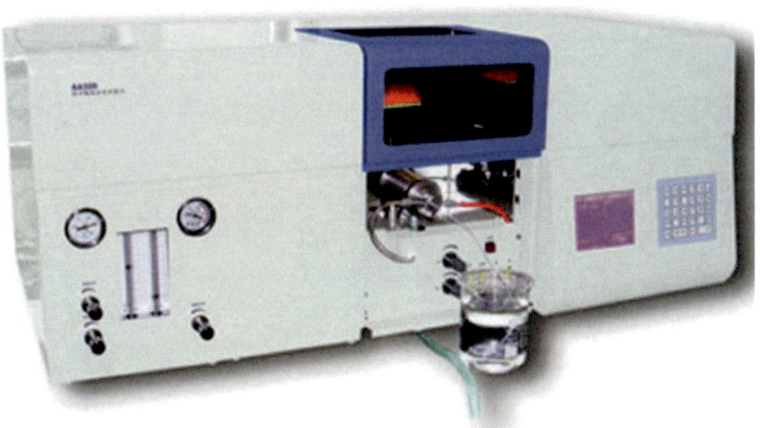

Nun, meine Geschichte setzt sich hier fort, beim Ende des Buches ATSCHA, welches ich euch wärmstens empfehle. Es handelt von meinem Jahr in Indien, Reisen nach Syrien, Iran und die Türkei.

DIE VIER KRALLEN

Die vier Krallen, die meinen Fluorit auf meinem Ring festhalten – sind aus Gold.

Ich betrachte ihn gerne, ich trage ihn immer. Er schimmert mal violett wie ein Amethyst, mal rot wie ein Rubin und manchmal sogar grün, wie ein Smaragd. Er ist in Gold gefasst und hat vier Krallen. Die halten den Stein fest, er kann nicht entkommen. Will er auch nicht, er will funkeln und die Farbe wechseln. Ich besitze diesen Ring schon einige Jahre, aber ich weiß, dass ich ihn wieder hergeben muss. Bekommen habe ich ihn in New Delhi von der Tochter des Kulturministers von Chile. Sie sagte: Der Ring muss seine Reise rund um die Erde immer fortsetzen, er darf nicht zu lange an einem Ort verweilen. Meine chilenische Freundin in Delhi hieß Debby. Sie hatte langes blondes Haar, ein rundes, liebes Gesicht und einen wunderschönen vollschlanken Körper. Ich lernte sie im Shanki market near the Connaught place in Delhi kennen. Sie kaufte Orangen. Ich sagte, so viele Orangen für dich allein, gib mir doch eine. Sie gab sie mir und wir gingen gemeinsam ins indian coffe house.

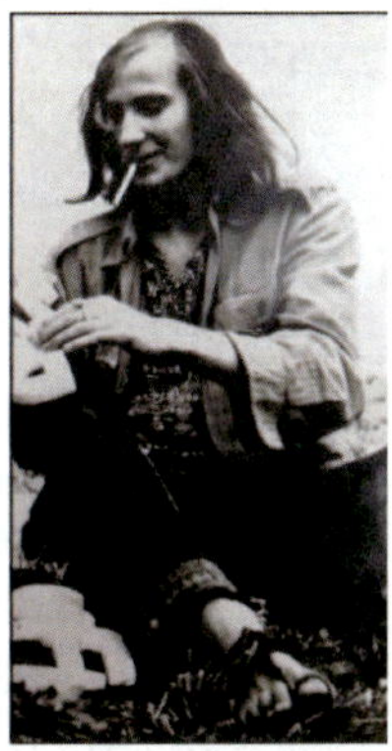

In dieser Zeit, es war Anfang der Siebziger Jahre, waren massenhaft Hippies unterwegs, auf der Suche nach dem Glück. Die meisten fanden bloß Drogen. Tscharas, wie Haschisch in Afghanistan, Pakistan und Indien heißt, oder LSD welches die Engländer anschleppten. Ich fand Debby. Ich begann, sie zu lieben. Wir bezogen zusammen ein Zimmer near Connaught place und genossen das Leben. Nachdem wir das erste Mal miteinander geschlafen hatten, gab sie mir den Ring. Es ist das wertvollste, was ich besitze, sagte sie, gab mir einen Kuss, und steckte mir den Ring an den Finger. Du darfst ihn nicht zu

lange behalten, sagte sie, der Ring muss reisen, um die Welt, du musst ihn wieder hergeben, aber solange du ihn hast, freue dich an ihm.
Ich kam aus Österreich, reiste auf dem Landweg nach Indien, hielt mich einige Zeit in Herat, Afghanistan auf, fuhr weiter über den Kyber Pass nach Pakistan, und dann in Ferozopore betrat ich Indien. Ich war dann schon einige Monate in Delhi und ich arbeitete als Geldwechsler. In Indien gab es zu dieser Zeit einen Schwarzmarkt für Geld, sie brauchten Dollar, um in den arabischen Staaten Gold einkaufen zu können, für die Aussteuer ihrer Töchter. Da dies nur mit Devisen möglich war, wurden Dollars von den Tourists gekauft, die Rupies brauchten. Die offizielle Bank gab sieben Rupies pro Dollar, am Schwarzmarkt gab es bis zu zwölf. Also stand ich am frequentierten Straßenrand und quatschte die Tourists an, You want change money? I give you a good price. Das Geschäft entwickelte sich formidable, die Tourists vertrauen verwunderlicher weise einem Hippie mehr als einem Inder. Nun, als ich Debby kennenlernte, hatte ich als Geldwechsler schon einen Namen, und die Reiseleiter kamen zu mir und die ganze Gruppe wechselte bei mir. Ich saß im Indian coffehouse und die Leute kamen zu mir. Ich kaufte die Dollar im Shanki Market. Hinter den Gemüsegeschäften gab es ein kleines Büro, wo der Geldwechsler saß. (daher kommt der Name backoffice) Von ihm kaufte ich die Dollar. Wenn ich viel Geschäft machte, gab er mir auch mal ein Stück Tscharras als Belohnung. Am Abend fuhren wir mit dem scooter ins Oberoy meaden hotel in Old Delhi, dort gab es eine Disco, die hieß „Sensation“ und das war sie auch

Wir kauften auch Indisches Gewand und Schmuck, welcher zu dieser Zeit sehr modern war. Wir schickten es nach Hause und warteten auf die Kohle. Ich besah meinen Ring. Zu Hause würde ich ihn weitergeben.

DAS HAUS

Ich wollte sesshaft werden, Eine Familie gründen. Julia, meine Frau und ich wohnten in einem Auszugshaus neben einem Bauernhof, sehr schön gelegen, auf einer schrägen Wiese, inmitten eines Obstgartens. Man konnte den Blick schweifen lassen über die sanften Hügel des Mühlviertels. Weiter unten befand sich eine Straße nach Linz, zwölf km entfernt, zehn Minuten mit dem Auto. Hinter dem Haus hatten wir uns eine Feuerstelle gemacht, einen Ring aus Steinen, und oft gabs am Abend Lagerfeuer, Freunde kamen zu Besuch, es wurde getrunken, geraucht und geredet. Auch Anton und Hilde, das Bauernpaar, gesellte sich gerne zu uns. Sie waren sehr tolerant, und akzeptierten uns langhaarige Hippies, und auch wir hatten keine Vorurteile gegen Bauern. So entstand eine sehr schöne Freundschaft. Wir gingen gerne in den angrenzenden Wald spazieren, oder wir sammelten Holz, welches wir abends in unserer schönen Feuerstelle neben dem Haus verbrannten. Meine Frau Julia war wunderschön, hatte lange schwarze Haare, das zarte Gesicht einer Madonna, und eine ebenmäßige weibliche Figur. Sie ging zur Kunsthochschule in Linz und erlernte Malerei. Seither macht sie die schönsten Mandalas. Abends saßen wir oft vor dem Lagerfeuer, tranken Wein und rauchten einen Joint. Oft kamen uns Freunde aus

Linz besuchen und genossen mit uns die Schönheit des Mühlviertels. Auch Anton, der Bauer, der Besitzer und Vermieter gesellte sich oft zu uns.

„Oh, ihr raucht gerade was, da hol ich mir eine Flasche Schnaps.“ Er brannte ihn selbst, dazu später. Er möchte nicht rauchen, sagte er, damit er aber mit unserem eingerauchten Geisteszustand mithalten konnte, brachte er seinen Schnaps mit. Wir hatten viel Spaß. Seine Frau Hilde kam auch manchmal vorbei. Es entwickelte sich eine schöne Freundschaft. Wir waren Hippies, ich war ja auch ein Jahr in Indien. Anton war tolerant, verteidigte uns vor seinen Nachbarn, die sagten nämlich, was vermietest du da an diese Langhaarigen Gesellen. Er verteidigte uns. Und wir waren auch tolerant und urteilten nicht, wie manche Freaks, die sagten, Spießer, blöde Bauern usw. Wir nicht. Wir waren offen für alles, ohne Vorurteile, na sag ma mit wenig Vorurteilen. Und so entstand diese schöne Freundschaft. Er erzählte mir was über Kühe und Milch Kontingente, ich sagte ihm die aktuellen Haschisch Preise von Rhawalpindi und Mazar i sharif. So lernten wir voneinander. Ich sprach ja kaum Dialekt und verstand das Mühlviertlerische nur teilweise. Auch hier klärte mich Anton lachend auf.

In der Nähe gab es ein Dorfgasthaus, den Wagner-Wirt.

Manchmal gingen wir dorthin essen. Die Einheimischen blickten uns anfangs verwundert an, aber sie gewöhnten sich an uns. Meistens waren wir ja zu viert, weil mein Freund Hary mit Traudi auch mit waren. Sie war ein echtes Blumenkind mit indischem Gewand und ohne BH, er mit langen schwarzen Haaren und dickem Schnurrbart. Latzhose, T-Shirt und Cowboystiefeln. Einmal fand Julia beim Spazierengehen einen Zahn, einen Hauer, groß und gebogen. Sie ließ ihn bei einem Silberschmied einfassen, und schenkte ihn mir mit einer Kette zum Umhängen. Ich sah damals ja hippiemäßig aus, zerrissene Jeans, ja, wir Hippies machten diese Mode, wir zogen die Jeans so lange an, bis sie zerrissen, und noch länger. Und wir staunten nicht schlecht, als Jahre später die Textilindustrie zerrissene Jeans um 120 Euroherausbrachte. Bis heute modern. Also, ich trug viel Schmuck und ein Samtjäckchen, bis zum Nabel offen. Hier hing dann der Zahn. Nun wollte ich wissen, von welchem Viech der Zahn war. Drum fragte ich am Nebentisch, von welchem Tier denn der Zahn hier sei.

„Na von ana Nosching." sagte mir der Nachbar

„Bitte was?" fragte ich, denn von diesem Tier hatte ich noch nie gehört

„Na, von ana Fahlsau" klärte mich der Mann, schon ein bisschen ärgerlich, auf. Da ich natürlich auch keine Ahnung hatte, was eine Fahlsau ist, gab ich´s auf. Zu Hause fragte ich Anton und erzählte ihm die Geschichte.

„Eine Nasching oder Fahlsau ist ein trächtiges Hausschwein, oder schon mit jungen Fahln (Ferkeln)". Na, man lernt nie aus. Schade eigentlich, weil ich dachte, der Zahn kommt eher von einem verirrten Berglöwen, oder zumindest von einem Gepard.

Mit einem solchen hatte ich nämlich, vor nicht allzu langer Zeit ein erschreckendes Erlebnis. Julia, Keith und ich gingen mal in einen kleinen Zoo nicht weit von uns. Hier sollte es Giraffen, Esel zum Reiten und sogar Bären geben. Wir waren schon sehr gespannt. Es handelte sich um einen großen Bauernhof, das Eingangstor war zu, ich öffnete es und ging ein paar Schritte und plötzlich sprang aus einem Fenster ein ausgewachsener Gepard heraus, und trottete langsam auf mich zu.

Ich blieb wie versteinert stehen und glaubte, mein letztes Stündlein hätte geschlagen. Das Viech kam immer näher, und da die Höchstgeschwindigkeit eines Gepards ca. 70 km/h beträgt, dachte ich mir, dass Flucht wenig Sinn hätte. Also verharrte ich, zitternd vor Angst, und das Tier blieb ca. zehn cm vor mir stehen. Doch bevor der befürchtete Todesbiss kam, erschien die Besitzerin des Zoos, streichelte dem Geparden den Rücken und sagte zu mir:

„Entspann dich, der tut nix, der will nur spielen“

Ich war sehr erleichtert, obwohl ich mich nicht wirklich auf Geparden-Spiele einlassen wollte. Aber ich streichelte ihn und kraulte ihn und ganz nach Katzenart drückte er seinen Kopf gegen meine graulende Hand und begann, lautstark zu schnurren. Meine Angst legte sich, und wandelte sich in Freude, mit so einem majestätischen Tier zu schmusen. Die Zoo Dame sagte, der hat hier sein Zimmer, das Fenster steht offen, er kann raus und rein, und wenn er satt ist, tut er keinem was zuleide, drum darf er frei herumlaufen. Wir besuchten noch Giraffen, Elefanten, Bären und andere Tiere.

Nun zurück zu unserem Auszugshaus. Hary und Traudi wohnten oben, wir unten. Hary war von Beruf Koksdealer und seine Traudi tat nix. Berufsbedingt musste Hary oft nach München oder Amsterdam fahren.

In München hatte er Freunde, die er mir auch vorstellte. Der Michi, der Schlachti und der Konrad. In München spielten wir meist den ganzen Tag Billard und soffen Bier. Hary erledigte seine Geschäfte, und da wir gerade dabei waren, nahm ich auch eine 250g Platte grünen Pakistani mit.

An sich hab ich mit dem Dealen ja schon lange aufgehört, wegen der Familie. Ist auch viel wichtiger!! Früher kaufte ich Haschisch in Gaziantep, LSD in London. Aber ich beendete das alles, weil gefährlich

für einen Dealer ist nicht so sehr die Polizei, sondern viel mehr die Mafia, speziell hier Ndrangheta. Dies bewies die Geschichte eines Freundes von mir.

Hier in Linz gab es im Freundeskreis drei Ernst. Ich war der Große Ernst, ein kleiner junger blonder war der kleine Ernst, und dann gab´s noch den schönen Ernst. Der war Dressman und machte damals, als es noch erlaubt war, für Marlboro Werbung. Nun, eines Tages brachte der kleine Ernst vier kg reines Kokain nach Linz.

„So, nun bin ich der große Ernst“ stellte er fest. Nun, für mich OK, wandle ich mich vom großen Ernst, zum nur Ernst, der schöne Ernst werde ich wohl nie werden. Der nunmehr große Ernst verdiente sich sein Geld außer mit Dealen noch mit dem Überstellen von Jachten. Und meist transportierte er etwas mit. So brachte er es zu beachtlichem Reichtum, seine Frau, eine teure, Schöne genoss das sehr, beide fuhren mit einem funkelnagelneuen 350 Mercedes umher. Sie hatten

einen Sohn, der alles durfte, und er wurde mit dem Mercedes zur Schule gebracht. Nur leider kooperierte der große Ernst nicht mit der Ndrangheta, was ihm zum Verhängnis wurde. Die versenkten ihn mitsamt der Jacht und einer halben Tonne Haschisch aus Pakistan vor der australischen Küste mittels einer Stinger Rakete. Frau und Sohn waren geschockt. Sie begann zu saufen und in Lokalen herumzuhuren, und vernachlässigte ihren Sohn, der sie, als er halbwegs erwachsen war letztendlich ermordete. Also: tun was Ndrangheta sagt., oder noch besser: Nix dealen
Ich beendete das Dealen wie gesagt vor einigen Jahren und war daher gezwungen, mir einen Job zu suchen.

RÜCKBLICK:

Damals lebten wir in einer WG zusammen mit Leo, meinem Freund, ein mystischer Freak mit langen schwarzen Haaren, Bart und blauen Augen. Schwarm aller Frauen. Ich erzählte ihm viel von meiner Zeit in Afghanistan und Indien, er war sehr begeistert. ziemlich gleichzeitig lernte ich meine erste Frau Julia kennen. Ich saß in einem Cafe, einem Hippie Treffpunkt, zwei Tische weiter saß ein Mädchen und blickte immer wieder zu mir. Ich freute mich sehr, bis sie mich anschnauzte: „Wo hast du den Ring her?“ Ich trug einen großen, schönen Silberring, von einem Freund namens Ruppi gekauft, Ruppi sah recht wild und ruppig aus, er war ein Raufbold und Beschützer der Hippies. Aber das Mädchen, sie hieß Julia, war so erbost, weil sie den Ring Ruppi geschenkt hatte.

Und der hatte ihn verkauft. Julia nahm anfänglich an, ich hätte ihn gestohlen. Nun, so begann unsere langjährige Liebe. Wir trafen uns oft und die erste Nacht mit ihr war wirklich himmlisch. Sie hatte eine sehr weibliche Traumfigur, schwarze Haare und ein Gesicht wie Madonna. Und sie schmiegte sich an mich und wir versanken in Lust und Liebe.

Sie war 17 und ich 25. Ihre Eltern verboten ihr jeglichen Umgang mit mir. Klar, ein alter Nazi und ein junger Hippie passen nicht wirklich gut zusammen. Doch nach einiger Zeit sahen die Eltern ein, dass wir nicht zu trennen waren, und so luden sie mich ein. Es gab Jause und der Papa blickte mich böse bis ratlos an. Die Mutti fügte sich ins Schicksal und lächelte „Mein letzter Wille, die Pille" sagte der Vater.

DAS LABOR

Es läutete. Ich sah auf die Uhr. 7.15 Uhr in der Früh Was soll das? Ich machte auf. Ein fremder, seriöser dicker Mann stand da. „Wohnt hier Herr Leo?" fragte er. „Wohnte", sagte ich Der Herr kam herein. Sichtlich betroffen betrachtete er unser Matratzenlager. Ich lehnte in der Tür und blickte ihn verschlafen, verkatert und hungrig an. „Mein Name ist Bubenthaler, ich bin Betriebsleiter in dem Labor oben, wo Leo arbeitet. Dieser legte mir einen Zettel auf den Schreibtisch Worauf geschrieben stand: „Das Schicksal wollte es, dass ich heute nach Indien fahre."
"Ja", sagte ich, „der ist weg. Er ist heute schon in Istanbul und geht seinen Weg nach Osten." Herr Bubenthaler war sichtlich durcheinander. „Aber er kann doch nicht, ohne zu kündigen, ich glaubte zuerst an einen Scherz. Wir haben doch so viel Arbeit." Ich sah einen schmalen, silbergrauen Streifen der Hoffnung am Horizont.

„Nun, da Leo weg ist, brauchen Sie doch eine Arbeitskraft" sagte ich „Ja," sagte Bubenthaler, „ziehen Sie sich an und kommen Sie mit."
Ich zog mich an und ging mit dem Dicken einer ungewissen Zukunft entgegen. Er hatte wenigstens keine Vorurteile gegen lange Haare, wegen Leo. Wir gingen hinauf ins Labor. Wie gesagt, eine Baracke unter einem riesigen Kastanienbaum. Wir gingen hinein. Durch einen düsteren Vorraum mit einigen Flaschen und Kanistern kamen wir ins Labor. Es zischte, dampfte, brodelte und gluckerte. Und es stank erbärmlich In der Mitte stand ein Tisch mit dreckigem Laborgeschirr. Rundherum waren Destillationen aufgebaut, Wasserbäder dampften, Kolben drehten sich, eine Ölpumpe schnurrte, Wasserstrahlpumpen zischten, Trockenschränke und Zentrifugen waren zu sehen und viele Dinge, die ich noch nie gesehen hatte. Ich wurde der Leiterin des Forschungslabors, Frau Doktor Bazillner, von der ich schon von Leo gehört hatte, vorgestellt. Diese, eine kleine ältere sympathische Frau, betrachtete mich mit großem Misstrauen, um sich dann wieder ihrer Arbeit zuzuwenden. In einer Ecke stand ein junger Typ mit halblangem Haar und sah mich bewundernd an. Wahrscheinlich der Lehrling.
Eine hübsche Frau, im weißen Labormantel und mit einem Staubtuch in der Hand, mit dem sie ab und zu wo darüberwischte, blickte verstohlen zu mir hin und flüsterte leise zu Herrn Bubenthaler „Den hamma net lang." Ich musste mit Bubenthaler zur Hauptfirma fahren, dort wurde ich dem Ober-Chef vorgestellt. Einem alten Adeligen. Er begrüßte mich mit den Worten: „Was haben Sie angerichtet" Die schienen hier in der Firma zu glauben, dass mein schlechter Einfluss schuld war an Leos Indienreise. Trotzdem. Ich wurde eingestellt. Hurra. Ich hatte den Job. Und was für einen. In einem Forschungslabor. Am Nachmittag musste ich Phosphorpentachlorid umfüllen, aus vergammelten Flaschen. Und Bubenthaler beobachtete mich aus sicherer Distanz, ob ich den Gestank aushielte oder aus den Pantinen kippte. Nun, einem Typen, der so viel Gift geschluckt hat wie ich, schadet etwas Phosphorpentachlorid nicht. Am Abend borgte ich mir als Gehaltsvorschuß 1000 Schillinge aus. Im Labor wussten sie,

dass sie mich vor dem Verhungern gerettet hatten. Julia freute sich mit mir über die gute Nachricht.
„Behalte dein Taschengeld, heute gehen wir groß aus“, sagte ich. Wir gingen Pizza essen und dann ins Theatercasino, dort hatte man nichts gegen Langhaarige. Es war ein wunderschöner Abend. Ich war mit dem liebsten Mädchen von Linz unterwegs, hatte Geld und einen Job. Und

der, der in der Ecke saß im Lokal und fröhlich zu uns herüberblinzelte, das war, glaube ich, ein Derwisch. In den nächsten Wochen erlernte ich die Labortätigkeit: Destillationen aufbauen, Reaktionen, Hydrierungen, Umkristallisieren, Absaugen, Zentrifugieren, Dekantieren, Fermentieren, Abstrahieren. Die Gerätschaft war alt, aber funktionell. Penibel achtete Frau Doktor Bazillner darauf, dass ich alles richtig machte. Die Arbeit bereitete mir richtig Spaß. Momentan wurden Verbindungen zur Kreislaufanregung erforscht.
Ich musste hauptsächlich Basisverbindungen für die weitere Forschung herstellen. Das gefährlichsten waren die Hydrierungen. Die zu hydrierende Substanz wurde in Ethylether gelöst, Raney-Nickel als Katalysator zugesetzt, und diese brisante Mischung wurde in einem alten Autoklav auf 150 atü mit Wasserstoff aufgedrückt. Sodann wurde rnit einem Bunsenbrenner untergeheizt. Meine Nerven! Das Rühren in einem Autoklav erfolgt wegen des hohen Druckes magnetisch Es machte immer „Katschunk, katschunk”, und mein Herz rutschte mit jedem „katschunk“ weiter in die I-lose. Interessanterweise war das Labor immer leer, wenn ich mit dem Autoklaven arbeiten musste. Die würden doch locker mein junges Leben opfern, dachte ich, für die Medizin. Nur der Lehrling, Norbert hieß er, hier nannten ihn alle „'s Buberl”, traute sich manchmal zu mir. Einmal erzählte er mir einen Witz:

„Treffen sich zwei Männer in der Luft. Einer fliegt hinauf und einer hinunter. Sagt der, der hinunterfliegt zu dem Hinauffliegenden: Kennen Sie sich bei Fallschirmen aus? Nein, sagt der andere, nur bei Autoklaven!"

Ha ha ha, katschunk katschunk katschunk. Mit der Zeit erlernte ich alle möglichen Labortechniken. Bubenthaler zeigte mir viel, auch wie man Apparaturen baut, wie man Glas bläst und wie man elektrische Steuerschaltungen zusammenlötet. Wir bauten mitsammen Rührmaschinen, Reaktionsgefäße, Heizgeräte, automatische Steuerungen.

Ich lernte Löten, Schweißen, Bohren. Wir restaurierten alte, vergammelte Geräte. Ich lernte, gegen den Rost zu kämpfen mit Phosphorsäure und Drahtbürste. Alle alten Apparate erstrahlten in neuem Glanz, neue fertigten wir an. Nebenher konnte ich in einem einjährigen Schnellkurs die Laborantenlehre machen. Ich war sehr glücklich, handwerklich etwas lernen zu können, ich hatte ja von nichts eine Ahnung. Auch lernte ich den Umgang mit Pinsel und Farbe. Und ich freute mich über die Resultate.

Da Leo weg war, seine Freundin Gitta nach Deutschland ging, zerfiel die WG und ich suchte mir ein Zimmer Dort saß ich also am Abend und lernte Chemie und chemisch Rechnen, Salz und Salpetersäure, über Druck und Durchfluss, über Ester und Reaktionen. anstatt mich einzurauchen. Zwei Tage in der Woche ging ich in die Schule, sonst arbeitete ich im

Labor. Nach einem Jahr hatte ich den Beruf des Chemiewerkers erlernt. Ich ging zu Herrn von Stiepel wegen einer Gehaltserhöhung.
„Wieviel wollen Sie“ schnauzte er mich an
„1000 Schilling“ sagte ich
„Was, so viel? – Können Sie haben!“

Später wurde ich Chef vom Produktionslabor in der Hauptfirma Donau Pharmazie. Auch musste ich oft mit dem Dienstauto, einem alten Ford Taunus Combi wohin fahren, was holen oder was liefern. Z.B. zu einem Schotterwerk in Asten. Mit Joe, einem meiner Mitarbeiter. Dort gab es eine Art Rundkurs. Und Joe und ich machten ein Rennen. Zehn Runden. Ich siegte knapp. Doch durch den herumfliegenden Schotter hatte das Auto danach lauter Dellen.
„Ist der Wachen in die Hachel gekommen?“ fragte Herr von Stiepel. Er war ein guter Chef. Aber ich arbeitete auch oft bis in die Nacht, um Aufträge zu erfüllen. Nur „Wer zur Gewerkschaft geht, fliegt raus“ tat Herr von Stiepel kund.
Einmal stand ich vor dem Produktionslabor, gegenüber Stiepels Büro. Ein Mann rannte hinaus mit einer Aktentasche zum Schutz auf dem Kopf.
„Wer war denn das?“ fragte ich
„Der war von der Gewerkschaft – kommt nich wieder!“ Ein andermal musste ich Onkel Willi, wie wir Herrn von Stiepel nannten, von St. Martin abholen. Eine schmale Straße führte zur Salzburgerstraße, eine Durchzugsstraße, und die Ampel für den Querverkehr war dann fünf Minuten auf Rot. Als ich mit Onkel Willi heimfuhr, begann sie grün zu blinken, und ich bremste mich ein.
„So fahren Sie doch!“ rief Onkel Willi. Gut, ich schaltete auf die zweite und gab Vollgas. Als die Ampel von Gelb auf Rot wechselte driftete ich querstehend in die Salzburgerstraße. Onkel Willi lag wegen der Fliehkraft auf mir drauf und als ich wieder beschleunigte, sagte er „Gut gemacht, gut gemacht!“

Seither vertraute er meinen Fahrkünsten und überließ mir sogar seinen funkelnagelneuen BMW 740, damals das Spitzenmodell. Einmal sagte er „Herr Perfahl, holen Sie Doktor Melitzer vom Bahnhof ab, er kommt aus Wien.“
„Wie soll ich den erkennen?“ fragte ich
„Sie erkennen ihn sofort, er ist kahl wie ne Billardkugel“
„Das Dienstauto ist aber nicht da.“
„So nehmen Sie meinen Waachen.“ Also fuhr ich, immer noch Hippie, mit dem Luxusschlitten und drehte erst eine Runde um den Schillerpark, wo meine alten Kiffer-Freunde herumlungerten. Und sie staunten nicht schlecht, als ich ihnen jovial zuwinkte. Nun, ich brachte Herrn Melitzer zu Herrn von Stiepel, und als ich das nächste Mal etwas holen musste, in Wien, sagte Stiepel:
„Holen Sie mir von dieser Adresse in Wien dieses Präparat und nehmen Sie meinen Wachen.“
„Dienstauto is eh da“, sagte ich
„Ach was, nehmen Sie meinen Wachen“ machte er mir eine große Freude. Ich besuchte erst meine Freunde in der Prechtlgasse, dann genehmigte ich mir ein gutes Mittagessen. Ich war erstaunt, wieviel zuvorkommender ich behandelt wurde, wenn ich mit diesem Auto daherkam. Dann holte ich das Gewünschte und glühte heim. Strafzettel musste ich leider selbst bezahlen.

JULIA

Julia und ich heirateten. Ihr Vater bezahlte notgedrungen das Fest, nur nicht zu viele Leute, sagte er. Doch alles was in Linz in der Koks-Szene Rang und Namen hatte, war anwesend. Es wurde ein schönes Fest. Ich liebte Julia. Unser Sohn kam zur Welt und wir nannten ihn Keith. Ich richtete ein Kinderzimmer ein, kaufte eine Wiege, etc. Dann holte ich beide vom Spital ab, mit meinem alten Mercedes 190D Als beide zu Hause waren, brüllte Keith wie am Spieß, Julia tat alles, um ihn zu beruhigen, und als nichts half, begann auch sie zu weinen. Ich legte „Sympathie fort he Devil" auf, drehte laut und Keith war schnell ruhig, und auch Julia lächelte unter Tränen. Keith wuchs heran, wir waren glücklich. Urlaub machten wir meist auf Burgaz Ada, eine der vier Prinzeninseln nahe Istanbul. Und das kam so:

Schon bald saßen wir wieder im wohlbekannten Istanbul-Express, und an der jugoslawischen Grenze stellte der Türke uns gegenüber völlig richtig fest: "Austria fertig." In Istanbul angekommen gingen wir zuerst einmal ins türkische Bad und ließen uns pflegen. Anschließend nahmen wir uns ein Zimmer im Hotel Pirlanta, das sich in der Nähe der großen Moscheen befindet, und der Muezzin sang uns in den Schlaf. Iulia war fasziniert, und wir durften eine wunderbare Nacht der Liebe und der Versöhnung durchleben. Die menschliche Liebe zeigte uns einen Hauch der Unendlichkeit, der nie endenden göttlichen Liebe. In der darauf folgenden Woche durchstreiften wir Istanbul, ich zeigte]ulia alles, was ich kannte. Oh war das schön, diese Erlebnisse mit jemandem zu teilen Wir lernten einen Händler kennen im Bazar, der hieß Tom und verkaufte alten Schmuck. Er

gab uns Cay in den kleinen türkischen Gläsern, die mir so gefallen. Der Cay hier ist sehr gut. Tom hatte schöne und gute Augen und zeigte uns alles. Er nannte auch Preise, bei denen man nicht viel handeln musste. Wir gingen in verschiedene Kaffeehäuser, um mit den Türken Back Gammon zu spielen, das Spiel heißt hier TAVLA, und immer wieder wundern sich die Einheimischen, wenn sie von einem Touristen besiegt wurden. Viel Zeit brachten wir in den Moscheen zu, und oft gingen wir spät am Abend hinein, wenn sich die Touristen nicht mehr auf die Straße trauen. Denn wundersam ist die Stimmung in einer fast leeren Moschee. Leiser arabischer Singsang ist zu hören. Nach einer Woche Getriebe der Großstadt fuhren wir mit dem Schiff auf die Insel, die man uns genannt hatte. Burgaz Ada ist ihr Name. Eine der fünf Prinzeninseln. Wie ein bewaldeter Hupf lag sie vor uns. Wir legten an und gingen an Land. Hier befand sich ein nettes Fischerdorf mit einigen Kaffeehäusern, und man konnte schön im Freien sitzen. Touristen sah man kaum. Das Dorf war sehr romantisch Wir setzten uns, bestellten Cay und schauten aufs Meer hinaus. Das Schiff dampfte mit einem lauten „Whuuuuuuup" ab. Wir erkundigten uns, ob es hier ein Hotel gäbe oder ein Zimmer zu mieten. Yok (Nein), nichts war die Antwort. Diese Insel ist nichts für Touristen. Hier haben die reichen Türken ihre Sommervillen. Schade, sagte ich, hier ist es so schön. Ich sagte es auf Türkisch: „Buria tschok güsel." Darauf meinte ein Gast, dass auf der anderen Seite der Insel ein einfaches Landgasthaus sei, dort sollen wir mal hinschauen. Auch wird dort gut gekocht. Zuerst schlenderten wir noch durch den Ort. Hier war es ruhig, alles ging langsam, es gab keine Autos, nur Pferdekutschen. Wir charterten uns eine und fuhren zu dem besagten Gasthaus. „Kalpazan Kaya" hieß es. Der Weg führte uns um die Insel, wir kamen an einigen hölzernen Villen vorbei, dann durch Pinienwälder, rechter Hand ging's tief hinunter zum Meer. Es war ganz ruhig, nur die Zikaden hörte man. Es war wie im Märchen. Nach einer halben Stunde Fahrt tauchten einige Lehmhütten mit Wellblechdach und ein wunderschöner Gastgarten auf. Man sah im Schatten der Pinien aufs Meer hinaus. Ein Steig ging zur Klippe hinunter, zu einer

Badebucht. Die Bucht zog sich zu einem riesigen Felsen, der hier der Insel vorgelagert war. Dieser hieß Kalpazan Kaya, „Falschmünzer-Stein” wie wir später erfuhren. Hinter dem Gastgarten stiegen die Pinienwälder an. Man hörte Zikaden zirpen und Möwen kreischen. „Das ist der schönste Platz, den ich je gesehen habe", schwärmte lulia. Der Kutscher drehte um, verlangte zu viel und fuhr ab. Ein junger, fescher schwarzgelockter Mann kam zu uns und hieß uns Platz nehmen. Er sprach gut Englisch „Birra?” fragte er, ja ein Bier, das wollte ich Er hieß Erdogan, war der Sohn des Patrons und war schon einmal in England. „Können wir hier wohnen?” fragte Julia. Erdogan meinte, das ginge leider nicht. Aber er lud uns auf ein Essen ein. Hammelkeule. In einem Erdloch auf Holzkohle gebraten. „Tander Kebab/' herrlich Hier wollten wir bleiben. Der Patron kam, und wir begrüßten ihn. Julia wollte von hier nicht mehr weg und bat: „Bitte lasst uns hierbleiben.” Sie blickte den Patron mit einem Blick zum Steinerweichen an. Der Patron verschwand. Kurz darauf sah man ihn, seine Frau und einen Kellner ein Zimmer in einer der drei Lehmhütten ausräumen.

Die Nähmaschine wurde herausgerollt, und ein Haufen Wassermelonen, zu Türkisch „Kawum”, wurden in einen anderen Raum getragen. „Gel, gel” sagte der Patron, komm, komm. Und er zeigte lächelnd auf das Zimmer. Zwei Pritschen waren drinnen, ein alter Tisch und zwei wackelige Stühle.

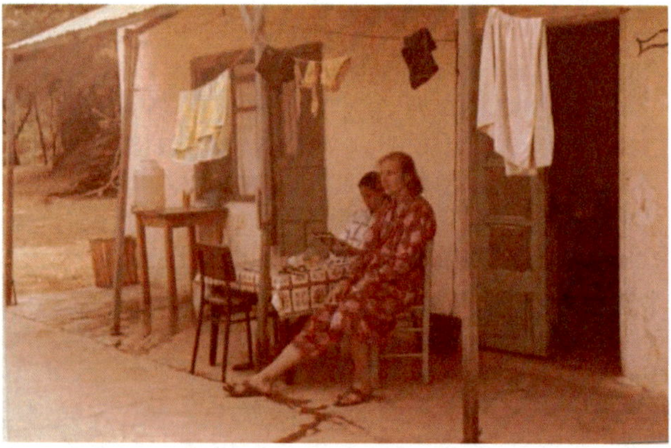

Bjurum. Bitte sehr. Wir alle waren sehr glücklich und fielen uns in die

Arme. Auch Erdogan freute sich. Wir trugen das Gepäck ins Zimmer, und ich gab dem alten Patron einen Kuss. Die nächsten Wochen waren nur schön. Wir lernten viele Leute kennen, Erdogan hatte gutes Haschisch, wir schwammen viel im Meer und fuhren mit den Fischern hinaus. Eines Abends gingen Erdogan und wir ein Stück den Waldweg hinauf, den Mond anzuschauen. Don hatte einen Joint gebaut, und wir rauchten genüsslich Ein verdammt gutes Zeug. Der Mond war eine riesige silberne Scheibe, die über dem Meer schwebte.

Und eine silberne Straße zog sich am Meer entlang bis zu uns. Es war irrsinnig schön. Durch die kleinen Kräuselwellen bewegte sich das Mondlicht am Meer und zerfiel in Punkte und Streifen. „Das sind die silbernen Heere der Mondkämpfer, die für die Schönheit kämpfen", sagte Erdogan. Ein schauerliches Heulen riss uns aus unseren schönen Träumen. Don sprang auf, und Julia kuschelte sich an mich „Ein Wolf", flüsterte Erdogan erregt. „Wir dürfen uns nicht bewegen." Angst begann mich zu umklammern. Der Mond war vergessen. Wir blickten zurück in die jetzt unheimliche Finsternis des Waldes. Da, Uhhuuuuuhuuu, war wieder dieses schreckliche Heulen, diesmal etwas näher. Dons mondbeschienenes Gesicht war aschfahl. Julia und ich umklammerten uns. Plötzlich stürzte etwas aus dem Gehölz, schlug sich auf die Schenkel und brüllte vor Lachen. Und lachte und lachte. Wir wagten die Augen zu öffnen. Auch Erdogan begann zu lachen. Es war Ismet, ein Freund von Erdogan. Ein Derwisch hat nie Angst Erdogan würgte ihn. Tu das nie mehr, mir ist das Herz in die Hose gerutscht. Sie umarmten sich und lachten. Auch wir mussten lachen und rauchten mit Ismet noch einen Joint. Beim Zurückgehen kroch Ismet auf allen vieren. „Ich bin ein Wolf, ich kann nicht auf zwei Füßen gehen", und er ließ noch einen Heuler los. So kann man durch Haschisch zum Vieh werden, wie ja viele glauben. Im Bett hatte ich Halluzinationen. Diese Lehm Wand rann ab in allen Farben. Was war das für ein Stoff! Anflüge von Horror griffen nach meinem Hirn. Julia merkte dies und erzählte mir etwas. Und da sie von den Moskitos total zernagt war, sagte sie: „Schau, ich bin ein Dibbelberg." Dies brachte mich so zum Lachen, dass ich Weinen musste. Am nächsten Tag war Ismet noch da.

Er besaß eine kleine Yacht und lud uns zu einer Bootstour ein. Die Yacht sah gut aus, weiß, hatte eine Kajüte mit zwei Betten, hinten war genug Platz zum Sitzen, und vorne konnte man liegen und sich sonnen. Es war ein wunderbarer Tag am Meer, wir fuhren um die Insel und ankerten in einer Bucht, schwammen, sonnten uns, übten uns im Zielschießen mit Steinen auf Flaschen, rauchten einen Joint, tranken Wein, fuhren wieder ein Stück. Erdogan zeigte mir, wo man nach Muscheln taucht, und wir tauchten uns viele Muscheln herauf. Ismet warf einen kleinen Gasherd an, und so hatten wir ein gutes Abendessen. Von diesem Zeitpunkt an holte uns Ismet jeden zweiten

Tag zum Ausfahren ab. Einmal kamen im Dorf zwei deutsche Touristinnen an, die ich zum Mitfahren einlud. Das war natürlich für Ismet und Erdogan ein großer Spaß. Ismet jagte sein Boot mit Vollgas um die Insel, ohne wie sonst wegen der Spritpreise zu jammern. Einige andere Freunde der Familie lernten wir noch kennen. Einer hieß Hamdi und sah aus wie ein Affe, und alle nannten ihn auch so. Ein anderer war Schriftsteller und riss ununterbrochen irgendwelche Witze, die wir nicht verstanden, und Erdogan konnte sie nicht übersetzen vor Lachen. Meist saßen wir mit unseren türkischen Freunden an einem Tisch am Ende des Gastgartens, wo keine Beleuchtung mehr war, und wo es, gleich neben dem Tisch steil die Klippen hinabging. Man musste aufpassen. Wir machten oft einen Spaziergang ins Dorf und tranken dort Bier. Auch Tavli spielten wir hier gerne. Man konnte den Fischern zusehen, wie sie die Fische ausnahmen. Entsprechend viele Katzen waren unterwegs. Neben den Kaffeehaustischen stand ein Plastik-Mistkübel mit einem dachförmigen Deckel, der wieder zu schwang, wenn man etwas hineingeworfen hatte. Zufällig beobachtete ich, wie ein großer Kater in den Mistkübel hineinroch, und dann, Schwupps, hineinsprang. Der Deckel schwang wieder zu. Eine Zeitlang passierte nichts. Doch dann plötzlich begann der Mistkübel zu wackeln. Den Türken, denen das Innenleben des Kübels unbekannt war, fiel der wackelnde Mistkübel auf, und sie debattierten schon, was das bedeuten solle. Plötzlich hüpfte der

Mistkübel und entsetzt wichen die Türken zurück. In gebührendem Abstand konnten sie noch einige Sprünge des Mistkübels beobachten. Ich konnte mir das Lachen kaum verbergen. Da gab's plötzlich ein

lautes Krachen, und der Kater sprang aus dem Kübel. Auf dem Kopf den geschlossenen dachförmigen Deckel. Die Türken fanden das sehr lustig und grölten und lachten. Jeder hänselte den anderen ob seiner Feigheit. Wir hatten viele Freunde gewonnen und blieben einen Monat. wir wollten unbedingt wieder hierherkommen. Wir verabschiedeten uns. Alle kamen und winkten, als wir mit der Kutsche davonfuhren. Don hatte mir noch ein Stück Haschisch gegeben und gesagt, ich soll es in Österreich rauchen und ans Meer denken.

Wir fuhren nach Konja, zum Grabmal von Mevlana Jellaladin Rumi. Ich hatte mit Erdogan nicht über Sufis und Derwische gesprochen. Es erschien nicht notwendig. Seine Art zu leben sagte genug. Konya ist eine alte Stadt, und man sieht viele Imams hier und heilige Männer. Viele pilgern zum Grab des großen Mystikers Mevlana Jalaladdin RUMI. Es heißt, man soll der Wahrheit näherkommen, wenn man das Grabmal besucht. Entsprechend viele Leute stellen sich an. Auch wir gingen rundherum und fragten uns, ob das wohl etwas bringen würde. Draußen tranken wir Tee, und ein alter Mann, der gesehen hatte, dass wir vom Grabmal kamen, sagte: „Drei Arten von Leuten sind am schwersten zu unterweisen: jene, die davon angetan sind, dass sie etwas erreicht haben, dann jene, die, nachdem sie etwas erreicht haben, betrübt sind, dass sie es nicht schon früher wussten, und schließlich jene, die so begierig danach sind, Fortschritte wahrzunehmen, dass sie aufhören, für Fortschritte sensibel zu sein."
Wir schlürften unseren Tee.

Ich fuhr meist zu Ostern nach Istanbul, um Schmuck und Gewand einzukaufen, welches ich nachher an Boutiquen verkaufte. Mit dem Geld machten wir dann einen Monat Urlaub auf Burgaz Ada. Bei einer meiner österlichen Einkaufstouren, ich war mit meinem Freund Günther mit dem Auto unterwegs, sahen wir in der Auslage eines Schneiders ein wunderschönes, dunkelblaues Samthemd mit goldener Stickerei. Es war guter, echter Samt und schön bestickt. Wir fragten den Schneider, ob er uns 100 solcher Hemden machen könne „Shure I can" sagte er „in three days" „OK" In drei Tagen hatte er tatsächlich 100 Hemden fertig, nur waren sie aus billigem, hellblauen Plastiksamt

„Hey man" sagte ich „that´s not the same Quality"
„No sir" meinte er „same same Quality"
„Not same" sagte Günther
„No, look sir" sagte der Schneider und hielt das gute Hemd neben das Plastikhemd
„Same same Quality"
Ab da war er für uns „Mister same same". Wir sagten, wir nehmen die Hemden, aber wir bezahlen nur 1/3 des ausgemachten Preises. Er drohte erst mit der Polizei, doch dann sah er zerknirscht die Aussichtslosigkeit seiner Lage ein.
Zuhause verkauften wir die Hemden entsprechend billiger, aber sie waren schnell weg.

SYRIEN

Im nächsten Urlaub brachten wir Autos nach Syrien. Autohändler vom Münchner Westring suchten Fahrer, die die neuen Peugeot 504 nach Aleppo fuhren. Syrien war damals ein friedliches, schönes Land mit sehr netten Einwohnern.

Wir fuhren im Konvoi, sechs Peugeot, vier Münchner und zwei Österreicher. 4000km in vier Tagen. Wir bekamen Speed - Pervitin, damit wir nicht einschliefen. In Istanbul machten wir Halt im Londra Camp, wo auch viele Fernfahrer Halt machen. Ansonsten schliefen wir im Freien oder in den Autos, je nach Wetter. Als wir bei der ersten roten Ampel in der Türkei stehenblieben, fingen alle zu hupen an und deuteten: Fahren, fahren. Also fuhren wir halt bei Rot. Rot bedeutet in der Türkei, die anderen haben Vorfahrt. Wenn aber keine anderen da sind, soll man fahren. Mit diesem Wissen kamen wir müde aber wohlbehalten in Kilis, der Grenze zu Syrien an.

„Was ist das Schönste, was man von einer Reise mit nach Hause bringen kann?“ fragte mich einer der anderen Fahrer. Ich zuckte mit den Schultern

„Die heile Haut!“

In Kilis an der Grenze lagerten viele Familien mit Ballen voll Hab und Gut, viele LKW warteten, Autos standen herum, auch wir warteten, sitzend, angelehnt an unsere Autos. Ein Zöllner kam vorbei.

„Passport“ sagte er. Ich zeigte ihm meinen Pass

„Oh, Nemsa“ sagte er, drückte den nötigen Stempel in den Pass, gab ihn mir zurück, klopfte mir auf die Schulter und sagte „fahren“

Natürlich, meine fünf Freunde bekamen auch den Stempel, so gelangten wir nach Halep, lieferten die Autos ab, kassierten jeder 1000,- DM und Spesen für die Heimfahrt. In Halep hatte ich Freunde. Samir, der mir oft beim Schmuckkauf half und die Eltern von Serri, einem Freund von mir. Der war vom Syrischen Militär desertiert und kam nach Linz. Dort half ich ihm, sein Kilo Haschisch, welches er auch mitgebracht hatte, zu verdealen. Außerdem verschaffte ich ihm ein Zimmer. Da er sich nicht mehr nach Hause traute, gab er mir Bilder und Briefe für seine Eltern, die ich übergeben sollte. Nachdem wir keine Autos mehr hatten, fuhren der österreichische Kollege (Pauli) und ich mit dem Taxi weiter um Serris Eltern zu finden.

Eine Stunde ging's mit dem Taxi bis Halep. Wir saßen zu siebt ohne Fahrer) in einem alten Peugeot 404. Es war so heiß, dass der Asphalt schmolz. Hätte das Auto nicht so gescheppert, man hätte die Reifen singen hören können. Der Taxler hatte einen blauen Saphir im vorderen Schneidezahn (das Zeichen eines Koks-Dealers), und er grinste gern. Nach einigen Irrfahrten und nachdem die anderen Fahrgäste ausgestiegen waren, fand der Taxler in der Nähe von Bab el Faragh die Adresse der Eltern unseres Freundes Serri.
Wir wurden herzlich begrüßt von Serris Eltern, seinem Bruder Samir und seiner Schwester Fatima. Ein fürstliches Essen wurde für uns zubereitet. Die Leute schienen reich zu sein. Man zeigte uns I-Ialep.

Der riesige Bazar, die Festung, die Altstadt. Eine interessante, echt arabische Stadt. Touristen gab's hier kaum, alles war nur arabisch angeschrieben, wenige sprachen Englisch oder Deutsch Aber Samir managte alles für uns. Natürlich mussten wir genau schildern, wie es Serri geht. Und wir erzählten und zeigten Fotos. Einige Tage später fuhren wir zum Geburtsort von Serri, wo noch alle Anverwandten wohnen, ein kleines Dorf in der syrischen Steinwüste. Einen halben Tag fuhren wir mit dem Taxi durch die Einöde, ohne Straße, dann erblickten wir in der flirrenden Hitze einige Lehmhütten. Wir gingen durch das Dorf. Es war unheimlich heiß und staubig. Eine verschleierte Frau erschien und gab uns einen Krug köstliches kaltes Wasser. Hier geht man sorgsam um mit Wasser. In der Mitte des Dorfes ist ein Brunnen. An einer Rolle hängt ein Seil mit einem Kübel. Zwei Mädchen gehen vom Brunnen weg und ziehen so am Seil den Kübel mit Wasser herauf. Sie haben weit zu gehen, denn der Brunnen ist tief, und der Weg ist ausgetreten. Pauli schüttelte verwundert den Kopf.

Wir wurden in eine der Lehmhütten gebeten. Drinnen ist es absolut sauber und etwas kühler. Die Wände sind weiß und der Boden ist mit Teppichen ausgelegt. Fast wie bei uns. In der Ecke lagen einige Pölster, und man hieß uns Platz zu nehmen. Unsere Hände wurden mit Kölnisch-Wasser besprengt und dann gab's Tee. Die verschleierte Frau sprach freundlich mit Samir und lächelte uns manchmal zu, wobei man das Lächeln ja nur an den Augen erkennen konnte.

„jetzt gehen wir in das Haus meines Onkels", erklärte Samir, „der ist nämlich Arzt, und dessen Vater war vor der sozialistischen Regierung Besitzer dieses Dorfes." Der Taxler ging auch mit.

Nach einem längeren Fußmarsch in der Hitze kamen wir zu einer Art Oase mit verschiedenen Bäumen und Palmen. Beim Näherkommen zeigte sich eine Villa. Auf deren Veranda war ein Brunnen, bestehend aus mehreren übereinander angeordneten Schalen, über

die das Wasser rann. In den Schalen lag haufenweise gekühltes Obst. Drinnen war ein großer Raum, ganz gefliest, mit schönen Ornamenten und einem langen Tisch in der Mitte. Hinten konnte man wieder hinaus gehen in einen schattigen Garten. Hier war ein Swimming Pool. Ich dachte an die Mädchen beim Brunnen. Wir wurden der ganzen Verwandtschaft vorgestellt. Es wurde betont, dass das Wasser im Swimmingpool kein Trinkwasser wäre und zur Bewässerung der Felder gepumpt würde.

Eine lustige Runde saß um den Tisch, alle mit Kaftan und Kopftüchern bekleidet. Zwei hatten noch die traditionellen Dolche auf der Brust. Sie fragten uns alle nach Serri. Wir zeigten ihnen die Fotos und Samir übersetzte. Dann stellten sich alle vor. Ärzte, Beamte, alles reiche Leute. „Ich dreizehn Kinder," sagte einer, ein anderer hatte elf. Der Arzt erklärte: „Ich drei Jahre verheiratet, drei Kinder. Du, wie viele Kinder du?" „Keins", sagte ich
„Aha, Schwanz kaputt“, scherzte der Arzt.
Wir zogen uns aus und sprangen alle in den Pool. Der Taxler zierte sich Er könne nicht schwimmen, meinte er. Das Argument, dass der Pool nur 1,5 m tief ist machte ihn mürbe. Er zog sich aus. Er war ganz weiß. Nur der linke Arm, den er immer auf der Autotür lehnen hatte, war tiefbraun und natürlich sein Gesicht und der Halsausschnitt. Alle lachten und der Taxler plätscherte verschämt im Eck des Pools. Anschließend gab es ein richtiges arabisches Festessen. Wir waren 14 Leute. Und es wurde gefeiert, gegessen und getrunken. Den Anisschnaps, der in Griechenland Ouzo und in der Türkei Raki heißt, nennt man hier Arrak. Dieser hatte die Stimmung schon ziemlich angeheizt.
Noch in derselben Nacht verließen wir dieses Dorf.
Wehmut umklammerte mein Herz. Wir brausten durch die Nacht.

Ich verspürte eine intensive Sehnsucht. Alle diese Erlebnisse in der arabischen Welt, der Gesang des Muezzins, die Gastfreundschaft. All das beeindruckte mich sehr auf der nächtlichen Fahrt durch die Steinwüste.
„Glaubt ihr an Gott?" fragte ich

Welche Frage: „Natürlich, er hat uns ja geschaffen."
Wieso sollen wir nicht an unseren Schöpfer glauben?
ALLA HU AKBAR Allah ist groß.
Wir rumpelten durch die Steinwüste. Samir und seine Eltern sangen einen arabischen Singsang, voll Sehnsucht. Sie ist in ihren Liedern, sie lebt in ihren Liedern, diese unstillbare Sehnsucht. Es war mitreißend. Das Fest, die offene Freundschaft und Freude dieser Leute. Und nun sangen sie im Auto, und der Lichtkegel tastete sich durch die syrische Steinwüste. Alles oder nichts. Ich musste weinen. Die Tränen rannen mir über die Wangen. Seit Jahren hatte ich nicht geweint.
Warum habe ich dieses Feeling? Wegen der scheinbaren Unerreichbarkeit des absolut Schönen oder wegen dem Traum der Vergänglichkeit? Wegen der Sehnsucht an sich? Man KANN es nicht

beschreiben. Es ist jenseits des Beschreibbaren. Doch immer mehr kann ich mich der Schönheit des Lebens an sich öffnen. Ich erlebe hier in der Wüste absolute Schönheit, einen Schein der Wahrheit.

Ein Hase lief uns über den Weg. Der Taxler riss das Steuer herum und jagte dem Hasen nach Weg von der Piste. Durch die Steinwüste. Größeren Brocken wich er aus. Wir wurden durch einander gewirbelt. Die Frauen quietschten. Der Taxler war out of Control. Vielleicht ging es ihm wie mir. Das Auto rüttelte und klapperte, der Hase war schneller. Dann gab es einen Knall. Nun rumpelten wir auf der Felge weiter, den Reifen hatte es zerrissen. Das Karnickel war weg, das Auto blieb stehen, der Chauffeur schaute zerknirscht. Er drehte das Licht ab, und wir stiegen aus. Ich blickte um mich Wir waren mitten in der Wüste. Wie eine Mondlandschaft. Der Sternenhimmel war klar und überwältigend.
Hier standen wir nun, zwei reiche Syrerinnen, zwei Syrer, leicht beschwipst, und ich mit aufgewühltem Herzen und der zerknirschte Taxi Driver, der das erste Mal in seinem Leben in einem Swimming Pool gebadet hatte. So standen wir rund ums Auto und starrten in die fahl vom Mond beschienene Öde. Es war kühl. Dem Taxler kam die Erleuchtung. Er holte den Reservereifen, und ich half ihm mit dem Wagenheber. Der Taxler war sichtlich stolz, einen Reservereifen zu besitzen. Nun, mit vier Reifen hatte das Auto wieder diese heimelige Ausstrahlung, die es so liebenswert macht in dieser Wildnis. Wir fuhren wieder zur Piste zurück. Bewegte sich dort ein Kaktus? War das Peote, der Kaktus-Geist, wie hieß er gleich? „Mesko“ nein, er war es nicht.
Bald fuhren wir durch die Vororte von Halep. Der Morgen dämmerte. Die ersten verschlafenen Händler mit Sesam-Ringerl waren zu sehen, und als wir ausstiegen war die Sonne eine riesige rote Scheibe. Doch in meinem Herzen war die schwarze syrische Steinwüste. Und dahinter, schon ferne, das Dorf. Die Frage nach Sufis und Derwischen brauchte ich mir nicht zu stellen.
An einer Straßenecke saßen ein Derwisch und sein Schüler. Leute kamen und fragten ihn: Was ist das ewige Leben? Wie komme ich zu

Gott.? Was muss ich tun, um das ewige Leben zu erlangen. Doch der Sufi antwortete niemandem.
Einer fragte, wo es da zum Bab el Faratsch gehe. Da stand der Sufi auf und erklärte es ihm freundlich und ausführlich Nun fragte sein Schüler, wieso hast du den anderen nicht geantwortet, die die Fragen des Lebens stellten, aber dem Wanderer schon?
Ja, sagte der Sufi, der war der einzige, der auch wirklich wissen wollte, wonach er fragte.

Wir blieben noch einige Tage in Halep, fuhren dann nach Latakia und bestaunten die syrische Küste. Zurück fuhren wir mit dem Bagdad Express. Wann der denn komme, fragte ich einen Bahnbeamten.
„Ja, so zwischen 10 und 14 Uhr, falls heute einer kommt.“ Na gut, arabische Gemütlichkeit. Wir freuten uns auf zu Hause.

Hary baute sich den Dachboden des Hauses aus, weil sein Zimmer unser Sohn bewohnte. Keith wuchs heran, wir bekamen viel Besuch, nette Abende beim Lagerfeuer oder im Winter drinnen. Wir hatten das Wohnzimmer orientalisch eingerichtet: Teppiche, Wasserpfeifen, Messingteller, eine Sitar und viele Polster. Und natürlich Moses, unser Kater. Ich beschäftigte mich mit dem Sufismus, eine religiöse Richtung, die mir sehr zusagte. Gott ist Liebe! Der Begründer ist Mevlana Jalaladdin Rumi, der im 13. Jahrhundert in

Konya lebte. Der Erfinder des Derwisch-Tanzes und ein begnadeter Dichter:

Wird der Spiegel deines Herzens klar und rein
so erblickst du Bilder von Jenseits dieser
Wirklichkeit aus Erde und Wasser.
Du wirst die Bilder sehen
und zugleich den Bildermacher,
den Teppich des spirituellen Daseins
und zugleich den,
der den Teppich ausgerollt hat

Leider verstehen viele Islamis, aber auch viele Christen die Religion völlig falsch. Würden wir befolgen, was Christus und Mohammed gesagt haben, hätten wir schon ein Paradies auf Erden. Aber leider, der Egoismus sitzt zu tief. Lasst uns gemeinsam daran arbeiten um zu mehr Altruismus zu gelangen.

Meine Freunde auf Burgaz, die ja bekanntlich gerne saufen, haben einen anderen Guru, nämlich Hadschi Bektasch Veli. Der trank selber

gerne Wein und genoss das Leben. Zuerst lebte er ja sehr asketisch, und seine Schüler natürlich auch Doch eines Tages begann er Wein zu trinken, Fleisch zu essen und ins Puff zu gehen. Entsetzt wendeten sich seine Schüler von ihm ab und besuchten einen anderen Guru, dem sie diese Geschichte erzählten. Der meinte:
„Wenn euch Äußerlichkeiten noch derart wichtig sind, habt ihr noch einen langen Weg des Lernens vor euch"
Hadschi Bektasch Wali war ein muslimischer Mystiker aus Chorasan, der in der zweiten Hälfte des 13. Jahrhunderts in Anatolien lebte und wirkte. Wali oder Veli ist nicht Teil des Eigennamens, sondern ein islamischer Ehrentitel mit der Bedeutung „Freund ".

Julia, Keith und ich mussten aus dem Auszugshaus ausziehen, und so begaben wir uns auf Wohnungssuche. Gar nicht so einfach in Linz. Doch wir fanden eine leistbare, 90m² große Altbauwohnung, in der Goethestraße, mitten in der Stadt, und das Beste: es war sogar ein eigener Garten dabei. Es gab einen großen Innenhof, und zu jedem Haus gehörte ein Garten. Eine grüne Oase. Das Haus gehörte einem gewissen Ingenieur Zirp, er betrieb ein Betonschneideunternehmen.
Wir bezogen die Wohnung, Zirp war ein loyaler Mann, und wir konnten machen, was wir wollten. In der Wohnungstür war sogar eine Katzentür eingebaut, und in der Tür zum Garten auch, sodass wir uns wieder Katzen, unsere Lieblingstiere, anschaffen konnten. Der Wohnraum hatte rund 50m² und wir legten ihn mit Teppichen aus. Wir hängten unsere schönen syrischen Lampen auf, Teller, Pölster, Wasserpfeifen,

ein Esstisch, Fernseher und natürlich nicht zu vergessen, die Stereoanlage. Und die LPs, CDs gabs zu der Zeit noch nicht (und Spotify schon gar nicht) Der Pioneer Verstärker leistete 2x 200 Watt und ich schaffte mir zwei riesige Boxen an, die ordentlich Wumm machten. 1983 – Guns n Roses, Led Zeppelin, Roxette, Cat Stevens, natürlich Pink Floyd, Santana und die Doors. Das war so unsere Musik. Wir warfen keine LSD Trips mehr ein, aber geraucht wurde noch fleißig. Zu härteren Drogen wie Heroin, Christal Meth etc. habe ich nie gegriffen. Natürlich trank ich ordentlich Bier, woraus sich leider eine Wampe entwickelte, welche meiner natürlichen Schönheit zuwiderlief.

DAS LABOR

In der Firma hatte ich des Produktionslabor übernommen, hatte zwei Gehilfinnen und es ging mir gut. Bubentaler hatte mir sehr viel in Chemie beigebracht, was ich in der Chemiewerkerlehre nicht gelernt hatte. Außerdem lehrte er mich Tischlern in seiner Werkstatt. Er half mir, Bett und Kasten selbst zu bauen. Auch bauten wir gemeinsam Apparaturen und große Reaktionsbirnen und er zeigte mir auch alles, was ein Elektriker wissen muss. Das alles interessierte mich sehr. Wir fuhren gemeinsam in verschiedene Firmen, die für uns Motoren, Rührwerke, Heizöfen, Wärmeschränke etc. herstellten. Ich hatte Herrn Bubentaler sehr viel zu verdanken. Immerhin war ich von einem Dealer zu einem Chemiewerker aufgestiegen.

Leo kam aus Indien zurück, ich freute mich sehr, meinen besten Freund wieder zu sehen. Herr von Stiepel stellte ihn wieder ein. Der Lehrbua Norbert hatte mittlerweile auch lange Haare und Bart, aber bei der Lehrabschlussprüfung war er leider durchgefallen. Frau Unterweger brachte uns immer die Jause. Wir schrieben ihr einen Zettel:

1 Dose Sardinen ohne Haut und Gräten
2 Mohnflesserl ohne Haut und Gräten
1 P.Marlboro ohne Haut und Gräten
1 P.Tausender ohne Haut und Gräten

„Blede Buam" bemerkte sie, brachte aber brav alles außer leider die Tausender ohne Haut und Gräten.

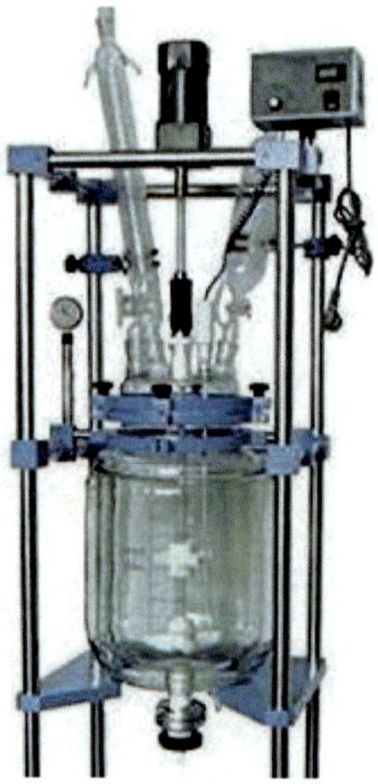

Auf einer Seite des Firmengeländes wuchs eine Hecke. Und Herr Mager, unser Hausmeister, hatte sie zu schneiden. Er benutzte dazu eine elektrische Schneidemaschine, welche mit einem langen Kabel bei mir im Produktionslabor eingesteckt war. Norbert und ich sahen ihm eine Zeitlang zu, dann zogen wir den Stecker. Mager besah sich seine Heckenschere, wackelte am Kabel. Dann schüttelte er sie kräftig. In diesem Moment steckte ich wieder ein. Wir ließen ihn eine Zeit lang schneiden, dann zog ich wieder den Stecker. Nun wusste Herr Mager schon Bescheid, sogleich schüttelte er das Gerät kräftig, worauf ich wieder einsteckte. Zufrieden schnitt er weiter. Zu unserer Erheiterung machten wir das noch ein paar mal.

„De Schea hot an Wockla“ bemerkte Mager nach getaner Arbeit.

Im Produktionslabor stellte ich hauptsächlich zwei Produkte her. Ein Galle-Präparat und ein Spasmolytikum (mittlerweile wusste ich ja, was das ist.) Es wurde Azlakton in Alkohol gelöst, und eine geheime Substanz unter Rühren und heizen in der 50l Birne zugetropft. Der so entstandene Gatsch wurde zentrifugiert, wieder in Isopropanol gelöst und destilliert. Abkühlen, auskristallisieren und wieder zentrifugieren. Waschen und trocknen. Eine Probe musste ich der Analytikerin bringen, die mich immer verliebt ansah Einmal saß sie auf einem Hocker bei ihrem Mikroskop. Ich kam von hinten und legte ihr freundschaftlich meine Hände auf ihre Schultern. Daraufhin legte sie ihren Kopf zurück auf meine Brust, nahm meine Hände und zog sie herunter auf ihren schönen apfelförmigen Busen. Den Rest verschweig ich

Das zweite Produkt, das ich herstellte war ein Ester, Paratoluylmethylester, ein Produkt gegen Gallebeschwerden, welches in Tabletten gepresst sehr gut wirkte. Der Ester war in Toluol gelöst, welches abdestilliert werden musste, das geschah mittels eines Rotationsverdampfers. Ein 10l Kolben rotiert

unter Vakuum in einem 230° heißem Ölbad, das Toluol entweicht im Vakuum bei 120°. Hernach musste die 200° heiße Pampe in Isopropanol gegossen werden. Abkühlen, auskristallisieren, umkristallisieren, zentrifugieren, trocknen, und eine Probe zur Analytikerin Hihi. So hatte ich meist zwei Rührwerke, zwei Rotationsverdampfer und eine Zentrifuge in Betrieb. Herr von Stiepel kam herein.

„Alles dreht sich, alles bewegt sich“ meinte er erfreut. Das fertige Produkt wird mit Aerosolen und Stärke vermischt und in sogenannten Rundläufern zu Tabletten verpresst. Hernach kommen sie zum glacieren in eine andere Firma. Der Zuckerguss war rosarot. Leider ging der Firma einmal der rosarote Farbstoff aus, und die Tabletten waren weiß. Eine Zeit, nachdem sie in die Apotheken zum Verkauf kamen, erreichten uns die ersten Beschwerden. Die wirken nicht mehr wie früher, da fehlt doch was, sind ja ganz weiß. Interessant, was? Placebo, verkehrt herum.

Zu Hause in der neuen Wohnung hatten wir uns schon gut eingewohnt, und dann, ein freudiges Ereignis. Julia war schwanger. Sie gebar zu meiner großen Freude eine Tochter. Wir nannten sie Maria. Diesmal war ich bei der Geburt dabei, das war mittlerweile modern geworden. Als vor sechs Jahren Keith auf die Welt gekommen war, kam kein Mensch auf die Idee, dass der Vater dabei sein solle. So ändern sich die Zeiten. Es war doch ein schönes Erlebnis. Julia war ruhig und gelassen, und Maria flutschte hinaus in die Welt. Ich küsste Julia und auch die Hebamme. Es war einer der schönsten Momente in meinem Leben. Das Kinderzimmer von Keith wurde durch zwei Kästen und eine Schiebetür abgeteilt, so hatten wir für Maria ein eigenes kleines Zimmer. Julia war eine gute Mutter, mit Liebe, Ruhe und Konsequenz erzog sie die Kinder. Wir sagten uns: Gib den Kindern alle Liebe die du hast, lass sie frei, und lies keine Bücher über Kindererziehung!

FANTASTIC
İHSAN CANBULAT
EXPORT-IMPORT JEWELLERY
Divanyolu Cad. No. 148/2
Sultanahmet - TURKEY

DIE STEINE

Meine türkischen Freunde sagten zu mir: du fährst zu uns leer und kaufst Schmuck ein, damit fährst du zurück. Ein doppeltes Geschäft würdest du machen, wenn du auch etwas zu uns schmuggeln würdest
„Na, was braucht ihr denn so von uns?“
„Da gibt's viel, Einspritzdüsen für Dieselmotoren, F.Steyer, Overlock Nähmaschinen, und natürlich Kristallsteine der Fa. Swarovsky – für Lüster“

Leo und ich entschieden uns für die Kristalle und kauften für 40.000.-Schilling Steine mit Löchern, sehr wichtig, um sie hintereinander aufgefädelt an den Lampen anzubringen. In den Osterferien ging´s dann wiedermal ab nach Istanbul, Mein Chevy Caprice schwer beladen mit den Steinen. Gott sei Dank half uns Samir, mein syrischer Freund. Der kannte sich bei solchen Fahrten aus. So brausten wir durch Österreich und dann damals noch Jugoslawien, Wir

wechselten uns beim Fahren ab, so kamen wir am ersten Tag bis Nis. Da teilte sich die Straße, runter nach Thessaloniki oder rüber nach Sofia. Diesen Weg nahmen wir

Später, an der türkischen Grenze klärte uns Samir über die Bakschisch-Regeln auf. Man legt einen gewissen Betrag in den Pass, dieser darf nicht zu klein sein, sonst durchsuchen sie dein Auto trotzdem, wenn er aber zu groß ist, durchsuchen sie dich auch, weil sie denken, wenn der so viel Bakschisch gibt, muss er ja enorm was einschmuggeln, das sehen wir uns an.. Geld streifen sie trotzdem ein. Es heißt, als türkischer Zöllner bist du in einem Jahr Millionär. Nun, Samir meinte, für unsere Fuhr Kristalle dürften 150,-$ angemessen sein. Die legten wir in den Pass. Der Zöllner blickte uns über seine Brille an, nahm das Geld und haute den SIKIS (Einreise) Stempel in den Pass. Wir waren durch, JUHUUU! Nach fünf Kilometern sagte Samir, stehenbleiben – hinter einem anderen Auto, neben dem ein Türke mit beeindruckendem Schnurrbart stand. Samir stellte ihn uns vor: das ist Türkesch, mein Freund, ich hab ihn herbestellt, um die Steine umzuladen. Das taten wir, ein Treffen in Istanbul wurde ausgemacht und Türkesch fuhr ab.
„Wozu das?“ fragte ich Samir.
„You will see“ sagte Samir, und tatsächlich, nach zehn Kilometern stoppte uns eine Polizeistreife. Rechts ranfahren, Hinten aufmachen, sie durchsuchten uns. Wir waren verwundert, und blickten zu Samir, der mit verschränkten Armen und Pokerface am Auto lehnte. Doch während zwei Beamte noch wühlten glaubte ich, ein leichtes Grinsen in Samirs Gesicht zu erblicken. Er wusste nämlich, dass die Zöllner, wenn jemand Bakschisch in den Pass legte, die nächste Polizeistation anrief, die Autonummer durchgab und sagte, durchsucht die, die haben was. Könnt ihr nochmal kassieren. Aber uns mussten sie fahren lassen. So gelangten die vier Koffer mit den Kristallen wohlbehalten nach Istanbul. Dort trafen wir im Pirlanta Hotel in Sultan Achmet Türkesch mit den Steinen. Wir stießen im Budding shop mit Sekt an auf unsere erfolgreiche Aktion. Am nächsten Tag rief Samir Armin Jajajan an,

einen Lusterproduzenten aus Fati, der kaufte uns die Kristalle um 8000,-$ ab. Diesen Abend wurde Champagner getrunken, wir verbrachten noch eine Woche in Burgaz Ada, bei unserem Freund Erdoan, dann kauften wir noch Silberschmuck, die Ringe wurden nicht abgezählt, sondern eingewogen. Auch einige Hals und Armbänder und orientalische Silbergürtel. Alles Aufträge von Boutiquen in Linz. Die Heimfahrt mit unserem bequemen Chevy verlief Problemlos, das Silber wurde verkauft, und Leo und ich freuten uns über die Kohle.

Maria entwickelte sich wunderbar, Keith war echt lieb zu seinem kleinen Schwesterchen. Wir machten Ausflüge mit unserem Chevy und genossen das Leben. Julia malte Mandalas und auf Auftrag Miniaturbilder. Im Garten baute ich eine kleine Laube mit Tisch und Bänken, darüber freuten wir uns im Sommer.

In der Arbeit lief alles OK, nur die Frau von Stiepel, eine strenge Adelige, machte uns zu schaffen.
„Wem gehört das Auto?“ fragte sie ihren Mann
„Dem Perfahl“
„Willi, ich habe es dir immer schon gesagt, du zahlst deinen Leuten zu viel!“
Nun, da das mit den Kristallen so gut gelaufen ist, beschloss ich, es im Sommer nochmal zu machen. In unserer Firma hatte ich viel Urlaub, 14 Tage zu Weihnachten und ein Monat im Sommer. Also kauften wir wieder um 2000,-$ Kristalle vom Swarovsky. Diesmal fuhren wir mit dem Zug, Samir meinte, da da spar ma uns des BakschiscH Normalerweise gehen die Zöllner im Zug nicht an der Grenze durch,

sondern man geht in Istanbul durch den Zoll, so wie am Flughafen. Ca. 50 Kilometer vor Istanbul war eine Baustelle, wo der Zug halten musste. Dort hatten wir es uns mit Türkesch ausgemacht, dort wartete er mit dem Auto. Wir sollten dann schnell mit den Koffern hinüberrennen und ab die Post. Leider kam´s nicht so weit, denn in der Zwischenzeit gab's einen Regierungswechsel, sie wollten die korrupten Zöllner auswechseln. Nun, die neue Regierung führte ein Rotationsprinzip ein, ein Monat in Edirne, eines in Kilis und eines an der Iran hudut, damit sich keine bequemen Schmuggelruten bilden konnten.

Wir saßen in Edirne mit reinem Gewissen im Zug, als plötzlich zwei Zöllner erschienen. Die Koffer befanden sich im Gepäcksnetz ober den Sitzen. Einer von beiden probierte mit der Hand, wie schwer die Koffer waren. Nur ein Test, er wollte den Koffer ein Stück anheben, der war aber so schwer, dass er sich nicht einen Zentimeter bewegte.

„Runtergeben“ sagte der Zöllner, und sie staunten nicht schlecht, als sie tausende Kristalle funkeln sahen.

„Konfisziert“ sagte der andere und sie schnappten beide Koffer. Als ich mit einem 100,-$ Schein winkte, machte er mit beiden Händen das Zeichen, dass er uns einsperren wolle. Im türkischen Knast wollten Leo und ich nicht landen, da bekommst du nicht mal was zu essen ohne Geld.

Nun, er verhaftete uns nicht, nahm uns aber die Steine ab und gab uns darüber eine Bestätigung. Wenn wir wieder nach Bulgarien ausreisen, dürfen wir sie, gegen eine Gebühr natürlich, wieder mitnehmen.

„Shit“ sagte Leo

„Shit“ sagte ich

Also stiegen wir an besagter Baustelle aus und trafen Türkesch

„Wo sind die Steine?“ fragte der

„An der Grenze abgenommen“ ich zeigte ihm den Recipt.

Shit“ meinte Türkesch

Bei der Fahrt nach Istanbul meinte er, er kenne einen Zöllner, und gegen ordentlich Bakschisch könne der die Steine wahrscheinlich herausholen. Diesmal tranken wir traurig ein paar Biere im Pirlanta. Am nächsten Tag fuhren wir mit Samir und Türkesch wieder nach Edirne. Türkesch verhandelte, aber er hatte das neue Rotationsprinzip noch nicht bedacht. Man sagte ihm, sein Zöllnerfreund sei in Kilis und man könne nichts für uns tun.

. So gingen wir Eis essen und fuhren drei Stunden zurück nach Istanbul. Wir probierten es ein paar Tage später ein zweites Mal – erfolglos. Nun kannte Samir einen anderen Zöllner und er meinte

„Let´s go to Edirne, eating Icecream"

In Edirne sagte Samirs Freund, ja kostet 1000.-$ und wir erwarten auch, dass ihr für uns Zöllner ein kleines Fest veranstaltet. Ein kleines Fest bedeutet in der Türkei essen, trinken, rauchen und Freudenmädchen. Nun, wir machten das, aßen und tranken, waren so ganz nett, die Zöllner und die Mädchen machten einen table dance.

Genutzt hat´s nix.

Müde und beduselt fuhren wir nächsten Tag heim. Ich erklärte dem Lampenproduzenten Arman Jajajan die ganze Geschichte. Er meinte er könne da was machen, aber er zahle nicht mehr wie unseren Einkaufspreis. 1000,-$

gleich, und 1000.-$ wenn er die Steine heraussen hätte. Wir gingen zum Notar, und ich bevollmächtigte ihn, die Steine zu holen und gab ihm den Receipt. Er gab mir eine Adresse in Istanbul und er sagte, dort könne ich meine 1000.-$ abholen, den Rest nächstes Jahr, wenn du wieder nach Istanbul kommst. Die Adresse befand sich in der Schraubenstrasse. Wie in allen orientalischen Städten haben Handwerke ihre eigenen Straßen. War bei uns früher auch mal so, siehe Schmiedegasse, Getreidegasse etc. Oder die berühmte chicken street in Kabul. Ich fand das Schraubengeschäft und der Mann dort gab mir tatsächlich 1000,-$, allerdings in türkischen Lire. Also musste ich ein zweites Mal in meinem Leben als Geldwechsler arbeiten.
„You want change money?" sprach ich die Touristen an.
„I´ll give you a good price". So wie ich es in Delhi machte, als Commission agent, ein halbes Jahr lang. Nach einiger Zeit hatte ich die 1000,-$ beisammen und ich fuhr heim zu Julia, Maria und Keith.

FAMILY

Keith ging in die zweite Klasse Volksschule, in die Goetheschule. Die Hälfte der Kinder waren Ausländer, das drückte aufs Niveau. Jedoch sollten wir froh sein, dass viele junge Leute kommen, weil wir Österreicher sind ja hoffnungslos überaltert. Bald wird ein Erwerbstätiger einen Pensionisten erhalten müssen. Nebenbei sind wir Österreicher außer bei uns ja überall Ausländer. Keith hatte auch zwei

Ausländer als Freunde, den Cheng und den Ping aus Südkorea. Beide kamen oft zu uns spielen. Ich kaufte Keith ein ferngesteuertes Geländeauto und wir fuhren Rennen am Pleschingersee

Der Pleschingersee ist so das Naherholungsgebiet der Linzer. Etwa fünf Kilometer weit, zwei Quadratkilometer groß, rundherum schöne Liegewiesen, Bäume, zwei Restaurants, ein FKK-Bereich Wir gingen oft und gerne hin, baden. Den Kindern taugte es auch, Keith war schon ein guter Schwimmer, und auch Maria, gerade zwei Jahre alt, plantschte gerne im Wasser. Sie hatte blonde Locken und war ein richtiges Engerl. Julia und ich lagen unter einem Baum und sahen zu, wie der liebe Gott mit den Blättern spielte.

Wenn wir in den Ferien nicht in die Türkei fuhren, luden wir Zelt und Ausrüstung in unseren Chevy, dann ging´s ab Richtung Süden. Das Zelt, ein riesiges Hauszelt mit zwei Schlafkabinen borgten wir uns von Anton, bei dem wir wohnten, aus. Drei Jahre, jeden Sommer. Hernach fragte Anton, ob wir das Zelt nicht kaufen wollten

„Wieviel?“ fragte ich

„3000,- S“ sagte Anton

„Alter,“ sagte ich „Du kannst du kannst doch für so ein abgewohntes Zelt nicht so viel verlangen (Zelt war nämlich neu, als er es uns das erste Mal borgte)

Heuer ging´s mit dem Chevy nach Spanien. Das halbe Urlaubsgeld ging leider für den Sprit drauf. Ich hatte auch ein T-Shirt wo drauf stand: „Chevrolet, aus Freude am Tanken.“

Nun, an der Costa del Sol fanden wir einen schönen Campingplatz, direkt am Meer. Das Zeltaufbauen dauerte einen halben Tag, aber dann war es super. Die Kinder tollten umher und fanden schnell Freunde. Dann liefen wir alle gemeinsam ins Meer und catchten uns in die Wellen. Ein Hochgenuss. So vergingen schöne Tage.

Einmal fuhren wir nach Barcelona, und besahen uns diese Stadt „The Rambla“ hieß die Hauptstraße, eine breite Straße mit Alleebäumen, vielen Geschäften und Lokalen und einem internationalen Publikum. Wir besahen uns auch die berühmte Gaudi Kirche und andere Gebäude dieses Architekten. Es gab Klöster in der Stadt und wunderschöne Innenhöfe. Auch der Hafen ist imposant und die Aqua-show. Über dem Hafen und die Stadt gibt's eine Seilbahn mit wundervoller Aussicht.
Das Essen war sehr gut - die Spanier essen leider spät, so um 22.00 Uhr, bis dorthin war ich fast verhungert. Das Nachtleben begann in den

Bars und Discos so zwischen zwölf und ein Uhr. Davon stammt der Spruch: die Stadt die niemals schläft, wie NYC.
Wir blieben noch zwei Wochen am Zeltplatz, dann war das Geld aus. Nur das Geld zum Tanken hatten wir noch (eh viel) und Jause. Wir kauften Brot, Wasser, eine Melone, Käse und eine Dauerwurst. Davon ernährten wir uns drei Tage lang. Maria war gerade vier und Keith zehn. Da Maria wie alle Mädchen in dem Alter Pferde liebte, verschwiegen wir, dass es sich bei der Dauerwurst um eine Pferdewurst handelte. Wir aßen wenig, da uns auch diese Wurst nicht schmeckte. In der Schweiz angekommen, suchten wir uns einen Zeltplatz. Zum Essengehen hatten wir kein Geld mehr. Julia las die Speisekarte:
„Züricher Geschnetzeltes mit Butternüdeli"
„Mit Butternüdeli" wiederholte sie melancholisch Danach aßen wir wieder unsere Wurscht.

Ein Monat zu Hause, dann flog ich nach Istanbul, um mir die zweiten 1000,-$ zu holen. Ich traf Arman Jajajan, und er wollte von mir die 1000,- zurück, weil er die Steine nicht herausgekriegt hatte. Er musste sie nach Bulgarien ausführen, durch Bulgarien durchfahren, und die Serben an der anderen Grenze hatten sie ihm abgenommen.
„Niemals kriegst du 1000,- $ von mir." sagte ich. Er machte eine Halsabschneidebewegung und ging von dannen. Als ich im nächsten Jahr zu Ostern wieder auf unsere Insel Burgaz Ada kam, sagte ein junger Mann zu mir:
„Hilfst du mir, Arman Jajajan zu töten, mich hat er grundlos aus seiner Lampenfirma entlassen, und dich hat er ja betrogen, wie ich hörte.
„Was?" sagte ich
„Er bekam eh die Steine im hiesigen Wert von 12000,- und verarbeitete sie in seiner Firma"
„Das trifft mich hart, jedoch kein Grund, jemand umzubringen. Man muss verzeihen. Ich bin Christ und ihr seid Sufis." Wusste ich Erdoan, Ali und Ismet waren Sufis, aber nicht Angehörige von Rumi, sondern von Hatschi Bektasche Veli. Ein berühmter Sufi. Aber warum meine

Freunde den bevorzugten, erfuhr ich erst, als ich über Veli nachlas. Denn der soff gerne und viel.
Komm, rauchen wir einen und vergiss deinen Kummer meinte Erdoan, und so gingen wir zum letzten Tisch in Dons Lokal. Der stand direkt am Rande zur Klippe, die zum Meer führte. Der Kellner brachte Bier, und als ob er es gerochen hätte, erschien auch Hamdi, und setzte sich mit dem Rücken zur Klippe an den Tisch. Ein Ofen wurde geraucht und dann noch einer, sodass wir schon ordentlich stoned waren, als Ali einen Witz erzählte:
In einem Heim für alte Seeleute in England wurde eine neue hübsche Schwester von einer alten eingeschult. Die alte sagte: schreck dich nicht, die sind rau aber herzlich, und überall tätowiert. Einer sogar am Penis, da stand „Rumbalotte". Nun, die alte Nurse ging auf Urlaub, und als sie zurückkam, fragte sie die Junge, wie es ihr ergangen sei.
„Sehr gut, sind alle OK, nur auf dem seinen Penis stand nicht „Rumbalotte" sondern „Ruhm und Ehre der britischen Flotte"
Da musste Hamdi derart lachen, dass er nach hinten hinunterfiel, und die Klippe hinabkollerte. Doch auch wir lachten und waren so stoned, dass uns das Fehlen von Hamdi gar nicht auffiel. Nach ca. 20 Minuten kroch Hamdi, blutverschmiert, wieder herauf und erschien am Tisch Wir drei waren derart erschrocken, dass wir fluchtartig das Weite suchten.

Zurück in Österreich lernte ich jemand kennen, der sagte, er sei ein Christlicher Wissenschaftler. Das interessierte mich, weil ich immer auf der Suche nach einem guten Weg zu Gott bin. Der Sufismus ist wunderbar, aber ich wohne hier und hier ist Christentum. Also besahen Julia und ich uns die Christliche Wissenschaft. Mary Baker Eddy, eine Amerikanerin, war deren Guru. Ein östlich angehauchtes Christentum. Alle Materie, und das „sterbliche Gemüt" ist Schein, Maya, wie es im Hinduismus heißt. „In Wirklichkeit ist die Wirklichkeit nicht wirklich wirklich" In der göttlichen Wahrheit aber ist alles gut und vollkommen. Dorthin galt es zu gelangen. Um Gottes Wirken zu erkennen, soll man bei Krankheit besser nicht zum Arzt gehen, sondern „Ausarbeiten" das heißt, in Eddis Buch und der Bibel zu lesen. Auch ein sogenannter ‚Ausüber' kann das für dich tun. So kann man, wenn es denn klappt, Gottes Wirken direkt erleben. Leider klappt es nicht immer. Nichts gegen Gott, aber so einfach ists halt nicht. Wir folgten trotzdem diesem Weg einige Zeit, besuchten auch in Berlin den sogenannten Klassenunterricht. Und in Madam Eddies Buch „Wissenschaft und Gesundheit mit Schlüssel zur Heiligen Schrift" stand ja auch viel Vernünftiges und Erhellendes. Ich hörte auf zu rauchen und zu trinken, das ist bei der Christlichen Wissenschaft verboten. In Wien gab es eine größere Kirche, die wir öfter besuchten. In Linz gab es nur ein paar, und wir lasen gemeinsam in der Bibel und dem Buch. Doch ganz das Wahre war´s für uns nicht. Man sollte doch kein schlechtes Gewissen haben, wenn man zum Arzt geht. Und das Heilige Paar, welches uns immer von göttlicher Liebe und Wahrheit erzählte, brach plötzlich, als es mir schlecht ging, jeglichen Kontakt ab, anstatt mir zu helfen. Gut, solche Leute gibt es leider überall, man darf deswegen den Weg der Christlichen Wissenschaft nicht schlechtreden. Außerdem, der Oberguru in Berlin war super, und zeigte mir einiges auf dem Weg zu Gott.

Leider ging es mit der Donau-Pharmazie zu Ende. Bubenthaler empfahl uns, einen Job zu suchen. Mir bot er auch an, mit nach Schaan in Liechtenstein zu gehen, wohin die Firma übersiedelte. Wir überlegten, blieben aber hier. Die Firma wurde ausgeräumt, die intakten Maschinen wurden per Bahnfracht nach Liechtenstein verfrachtet. Der Rest kam nach Asten auf den Schrottplatz. Zu diesem Zweck hatte Herr von Stiepel einen riesigen 40t Scania LKW angemietet, welcher im Hof abgestellt wurde. Nur, der Fahrer fehlte ihm. Daher kam er zu mir.
„Herr Perfahl, haben sie einen Lastwagenführerschein?" fragte er
„Nein" sagte ich
„Können sie Lastwagenfahren?"
„Nein, leider nicht"
„Sind sie schon mal mit nem Lastwagen gefahren?"

„Nein, nie“
„Na, fahren sie trotzdem!“
So saß ich nun im 40 Tonner, vollgeladen mit Schrott, um damit nach Asten zur Sperrmülldeponie zu fahren. Es war alles Servo-unterstützt, die acht Gänge flutschten. vier normale, und vier Zwischengänge, die mit einer Schaltwippe am Schaltknüppel zu schalten waren. Ein leichtes Tippen auf die Bremse, und schon stand das Gefährt. Ich kurvte aus dem Firmengelände hinaus, kein Problem, man muss nur wissen, dass man etwas dicker ist als mein Chevy Caprice. Kupplung, Gang, Blinken, geradeaus, ich reihte mich in den Verkehr ein und gelangte auf die Autobahn. Mit viel Getöse und 110 km/h donnerte ich nach Asten. Dort wurde ich mittels eines Magnetkrans entladen und leer fuhr ich zurück. Ein Cola an der Tankstelle, und schon ging´s weiter. In der Firma angekommen, wollte ich das Monstrum abstellen, ging aber nicht. Der Diesel nagelte weiter, obwohl ich schon den Zündschlüssel abgezogen hatte. Ich fragte Joe, der gerade herauskam, der meinte, zieh doch den Zündschlüssel.
„Ich habe ihn in der Hand“ sagte ich und zeigte ihn.
„Am Boden, neben den Pedalen muss ein kleiner Knopf sein, den drücke mit dem Fuß. Ich tat´s und tatsächlich stoppte die Maschine, übrigens hat sie 420 PS. So lernte ich den T-Kompressor kennen.

Vor Weihnachten brachte ich Maria immer in die Kirche zu Proben für ein Krippenspiel, welches dann mit den Kindern am 24.12. aufgeführt wurde. Dort angekommen, nahm mich eine hübsche, überaus nette Dame mit Namen Aimy in Empfang. Wir wechselten ein paar Worte, dann ging ich.
Nun, die Donau Pharmazie war Geschichte, Onkel Willi, mittlerweile 80 Jahre alt, ging in den wohlverdienten Ruhestand, die anderen waren auf Jobsuche. Ich hatte ein Angebot der Firma Satorius, chemische Waagen als Verkäufer oder ein Angebot der UNI Linz, Chemieturm, als Leiter des Schulungslabors für technische Chemie. Hört sich gut an,

war es aber nicht, nur ein D-Posten (Beim Bund gibt's A, B, C, D, E Posten. Ich ging trotzdem hin, zeigte meine Unterlagen.
„Habe ich eine Chance?“ fragte ich. Ganz sicher, sagte man mir, doch werden Sie den Job nicht nehmen.

ANALYTIK-LABORS

So war es dann auch, denn ich hatte auch ein Angebot der Fa. Analytik-

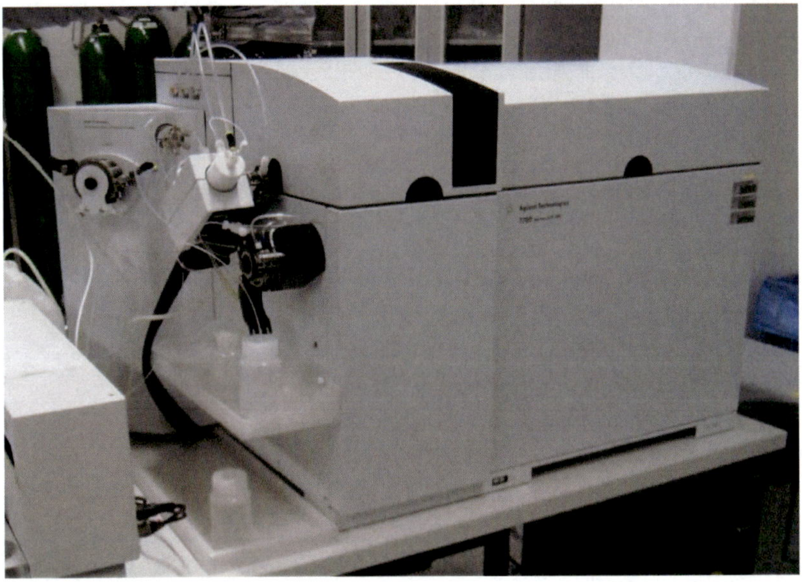

labors als instrumenteller Analytiker. Ich bewarb mich und wurde aufgenommen. In C mit Chance auf B. Man zeigte mir die Labors. Hier ging es ruhiger zu als in der Donau-Pharmazie. In den Regalen befanden sich viele kleine Fläschchen, Bücher, Vorschriften und es gab einen PC, 1983 eine Seltenheit. Es gab Exhaustoren, worin es rötlich dampfte und erbärmlich stank (Äh, chemisch komisch roch) In anderen Räumen standen die großen Analyser. Ein AAS (Atomabsorbtions-spektralphotometer), ein ICP (Induktiv gekoppeltes Plasma), mit welchem man fast alle Elemente der Reihe nachmessen konnte. Auch ein MS (Massenspektrometer) war vorhanden. Das Institut beschäftigte sich mit Spurenanalytik in Pflanzen, Futtermitteln und Dünger. In anderen Instituten gab es, um Verbindungen, z.B. Spritzmittel analysieren zu können, GC (Gaschromatographen). Der Institutsleiter für Spuren hieß Dr. Eichelbaumer, ein junger Mann mit Bart und freundlichen Augen. Weiters gab es zwei Laborantinnen, Petra und Marry, die alle Zartfein nannten, die grad irgendetwas einwogen. Am nächsten Ersten konnte ich anfangen.

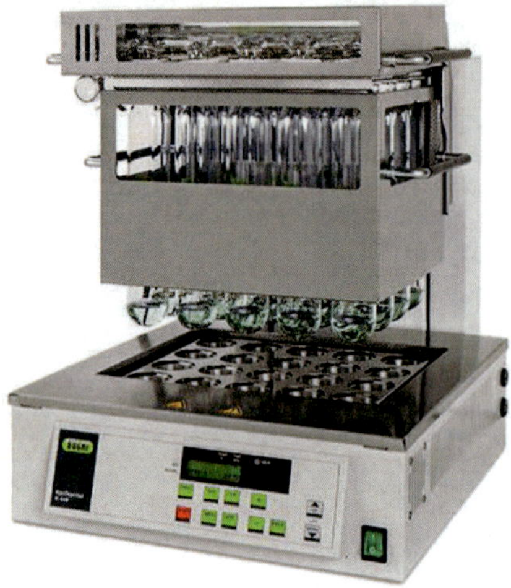

Hier kamen Proben an, Gräser zum Beispiel zur Analyse auf Fe, Cu, Zn, Mn, Pb, Cd. Zuerst wurden die Proben, ungefähr 250g Gras, getrocknet, dann vermahlen, schließlich wurde 1g davon in ein spezielles, sogenanntes Aufschlussglas eingewogen. Anschließend kam H2SO4 (Schwefelsäure) hinzu, dann wurde aufgekocht, mehrere Röhrchen auf einmal, sodass alles organische Material in Form von nitrosen Gasen wegdampfte. Dies nannte man „Aufschluss“ Zurück blieb eine kleine Menge klare Flüssigkeit mit den Spurenelementen, weil die nicht wegrauchen konnten. Sodann wurde abgekühlt und mit Bidest Wasser aufgefüllt, geschüttelt. Etwas von dieser Flüssigkeit kam sodann in kleine, fingerhutgroße Gefäße und die in ein rundes Tray, wo 40 hineinpassten. Sodann musste eine Eichreihe hergestellt werden, welche eine definierte Menge des zu bestimmenden Elementes enthielt. Z.B. 5, 10, 20, 50 ppm (parts per million) Zn und Fe. Zuvorderst wurden zwei Blindwerte in das Tray gestellt, dann die vier Eichpunkte,

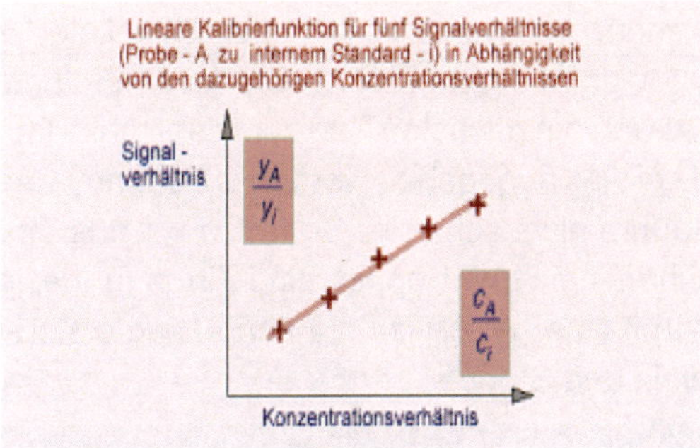

dann zwei Blindwerte mit Säure, dann 16 Proben, jede doppelt. Sodann wurde im AAS gemessen. Dieses hatte eine Acetylenflamme, welche mit einer elementspezifischen Lampe durchleuchtet wurde. So konnte man die Lichtschwächung durch Atomabsorbtion messen. Erst wurde die Eichreihe gemessen um zu sehen, ob die Korrelation stimmte. Gerade war eins, aber ab 0,999 war man zufrieden. Schlussendlich wurden die Proben durch die Flamme gesaugt und gemessen. Rechnerisch wurde der Blindwert abgezogen, der Wert wurde mit der Eichreihe verglichen, mit der Verdünnung umgerechnet und dann in ppm ausgegeben. Zeugnis geschrieben und fertig. Später sollte es schwieriger werden, siehe GLP (good labor praxis)

Im Freundeskreis tat sich einiges. Wir hatten zwei Stammlokale, den Jentschke und die Unfassbar. Beim Jentschke konnte man heraussen auf der Landstraße, der Haupt-Einkaufsstraße von Linz sitzen. Gegenüber dem Passage-Kaufhaus gelegen befand es sich mitten im Zentrum von Linz. Mein Freund Alois, er war Requisiteur im Landestheater, war oft da mit seiner Freundin Irene, einer sehr hübschen, die in einer Parfümerie arbeitete. Auch Gerhard, ein bärtiger Abenteurer mit seiner Monika waren oft hier. Gitta, die Malerin und natürlich Klausi, der Lebenskünstler. So saß man auf der Straße, plauderte, trank abends ein paar Gespritzte und richtete die Leute aus, die vorbeigingen. Und Anneliese. Eine Schönheit. Ich freute mich sehr, wenn ich sie sah Schwarz gekleidet, gute Figur, schönes Gesicht. Als ich sie das erste Mal sah, war ich begeistert. Sie war so schön, dass sich niemand traute sich zu ihr zu setzen. Ich schon. Wir plauderten ein wenig, und ich versuchte möglichst wenig in ihr tiefes Dekolletee zu blicken. Wir redeten über Musik und ich erzählte ihr, dass ich zurzeit gerne Johnny Cash höre. Als ich am nächsten Tag zum Jentschke kam, sagte der Kellner, für mich sei was abgegeben worden. 12 Johnny Cash LPs von Anneliese. Ich staunte nicht schlecht. So trafen wir uns öfter. Sie arbeitete bei der Fa. Ohrenstein und Koppel, eine Firma für riesige Baumaschinen, Bagger und Kräne. Wenn ich sie anrief, sagte sie am Telefon meist „Ohrenschwein und Stoppel".

Sie lud mich zu sich ein. Ich war hin und weg. Ihre weichen Schenkel, die sie langsam aus ihrem schwarzen Gewand herausräkelte und ihr Busen, und ihre sexy Bewegungen, ihr Humor und ihr Lachen. Sie soff gerne Gin und war eine charmante Plauderin. Einmal machten wir einen Ausflug nach Herne, wo einer ihrer riesigen Bagger stand und baggerte. Meiner Julia hatte ich gesagt, dass ich mit den ANALYTIC-LABORS auf einer Tagung sei, was ja auch des Öfteren vorkam.
So war´s beim Jentschke, man schloss Bekanntschaften. Einmal hatte sich einer der Gäste einen Spaß gemacht, und eine 10,- S Münze mit Industriekleber auf die Straße geklebt. Nun gabs jedes Mal Gelächter, wenn jemand versuchte, die Münze aufzuheben. Nur einmal bekam eine Frau Szenenapplaus. Auch sie versuchte erst, die Münze aufzuheben. Als wir lachten, sah sie uns böse an und ging. Nach ein paar Minuten kam sie mit einem Hammer und Meißel zurück und meißelte den Zehner los, warf ihn in die Luft, fing ihn und steckte ihn

ein. Uns warf sie einen verächtlich erhabenen Blick zu. Den Applaus hatte sie sich verdient.
Ich hatte ja gottlob zu rauchen aufgehört, ich rauchte ja vorher zwei bis drei Packerl Marlboro pro Tag, und manchmal einen Joint.
Geht einer in die Trafik und fragt:
„Do you speak english?“
„Yes“
„Marlboro“

Nun, ich war froh, aber es war hart, anfangs denkt man fast ununterbrochen an eine Zigarette, mit der Zeit werden die Gedanken seltener, und nach ca. acht bis neun Monaten hatte ich es geschafft, nach vielen Rückfall-Träumen, die gottlob nur Träume waren.
Rauchen aufhören, nichts leichter als das. Hab ich schon hundert Mal gemacht, sagte einer, der es nicht schaffte.

Mittlerweile ging Maria auch in die Schule und Keith besuchte die 2. Klasse eines Realgymnasiums. Unsere Kinder taten sich leicht in der Schule und es machte ihnen Freude. Mit Keith spielte ich gerne Tischtennis und Tavli (Backgammon) hatten wir auf Burgaz Ada gelernt. Maria begann mit acht zu reiten und oft fuhren wir gemeinsam mit Freunden zu einem Reiterhof Ich hielt Abstand zu den Riesenviechern, wer weiß was denen so einfällt.
„Geh Papi“ meinte Maria und tätschelte den Gaul.

Es hatte sich eingebürgert, dass wir immer zu Nikolaus eine Krampusparty machten. Es wurde dekoriert, Masken aufgehängt, rote Beleuchtung, und der Dresscode für unsere Gäste war Rot oder Schwarz. Einmal, es waren ungefähr 30 Gäste da, alle in Rot und Schwarz - machte sich gut in unserer orientalischen Umgebung. Wir hatten drei türkische Musiker bestellt mit Sas, Tarabukas und einer Flöte, welche betörend schöne Musik machten. Es gab Wein und Bier, ein Buffet, Koks und Haschisch, so wurde es ein echt schönes Fest. Zwei Mädchen wiegten sich im Tanz zu der Musik und Ing. Grill, der Hausbesitzer kam und sagte: „Herr Perfahl, Sie feiern ein schönes Fest!“ dann haute es ihn zwischen die Leute der Länge nach hin, so besoffen war er. Zuvor schmuste er heftig mit einer deutschen Bekannten von mir. Um vier Uhr in der Früh schmiss ich die letzten hinaus. Sie torkelten davon.

DIE HÜTTE

Da wir ja lange am Land bei Anton gewohnt hatten, dachten wir uns, ein Wochenendhaus oder Wohnwagen am Land wäre schön, aber da wir nicht besonders viel Geld hatten, war das nur ein Traum. Bis uns unser Gartennachbar fragte, ob wir nicht seine ans Haus angebaute Hütte und Balkon haben wollten. Es war eine 4x4m große Holzkonstruktion, sie stand im ersten Stock auf einem Holzgerüst und war aus schönem geschnitztem altem Holz.

„Schenk ich euch, wenn ihr sie abtragt" sagte mein Nachbar. Na, das war mal ein Angebot. Wir hatten ja einen Freund, den Thomas (siehe mein Buch ERDE) der besaß ein ganzes Tal im Mühlviertel mit Mühle und Badeteich. Wir waren oft bei ihm und seiner Frau Eva zu Besuch, saßen ums Lagerfeuer und badeten im See. Oft schliefen wir auch dort in unserem Zelt. Der Weg dorthin war beschwerlich: Vor Gutau rechts hinunter auf einem holprigen Weg schaukelten wir hinunter mit unserem Chevy, dann musste man noch ein Stück zu Fuß durch den Wald gehen. Dort waren der Teich und die Feuerstelle. Und dort durften wir unsere Hütte aufstellen. Dort hatte nämlich ein Architektenkollektiv aus Linz einen sogenannten DOM bauen wollen, aus Fichtenstämmen, die zu

Dreiecken zusammengeschraubt wurden und daraus entstand eine große Kuppel. Es war ganz gut gelungen, nur wusste man nicht, wie man es decken sollte. In Kalifornien, wo es nie schneit, decken sie die Konstruktionen meist mit Plexiglas. Aber unsere Architekten stellten fest, dass es bei uns schon schneit und kalt ist, daher kam die Idee auf, sie, wie hier im Mühlviertel früher üblich, mit Stroh zu decken. Also: Schritt eins: Stroh kaufen. Das wurde in Thomas seiner Mühle gelagert. Man konnte kaum mehr hinein. Dann, schlauerweise, Schritt zwei: Einen Dachdecker finden, der noch mit Stroh decken konnte. Der wurde auch gefunden, besah sich das DOM und sagte, unmöglich, Strohdächer müssen einen Giebel haben, sonst geht's nicht. Das Stroh verblieb bis zum Untergang der Mühle in der Mühle. Nun, so blieb das DOM ungedeckt und das Holz verrottete langsam, nur Norbert glaubte noch an die Stabilität der Konstruktion und sagte, schau wie stabil, sprang hinauf und hängte sich an den obersten Stamm. Krachend brach das DOM zusammen und wir hatten viel Holz fürs Lagerfeuer. Statt dem DOM durften wir unsere Hütte aufstellen. Nach drei Monaten waren wir mit Hilfe unserer Freunde

fertig und glücklich Ich hatte durch das Arbeiten, das Schleppen der schweren Balken einige Kilogramm verloren, war schlank und rank und in bester Kondition. Julia und den Kindern taugte es auch und so saßen wir, müde und glücklich das erste Mal vor der Hütte bei der Feuerstelle. Im Sommer, wenn wir nicht in der Türkei waren, fuhren wir jedes Wochenende zur Hütte. Wir wuschen uns im Bach und als Klo hatten wir den Wald und eine Schaufel. Auch Freunde kamen uns oft besuchen. Leo war gerne hier, auch Alois und Irene. Man ging spazieren, badete, spielte Wasserball. Holzsammeln und Lagerfeuer. Einmal veranstalteten wir ein riesiges Fest. Es spielten die Willi Warma, eine örtliche Rock Gruppe. Ausnahmsweise hielt ich eine Rede:
„Leute! Wir wollen heute miteinander feiern. Es soll ein Fest der Freude und der Liebe werden. Kommt euch näher, lernt euch kennen.
Geht zu denen, die euch anders vorkommen als ihr selbst und sagt denen, dass ihr sie liebt, wie sie sind. Sagt ihnen das. Freut euch mit der Musik, wir haben hier die „Willi Warma“, die beste Hard-Rock-Band aller Zeiten und sie spielen für uns. Nicht für Geld, sondern weil sie uns mögen. Öffnet euch der Musik, lasst eure Seelen durchrütteln und gebt eure Körper dem Rhythmus ganz hin. Leute, seht euch diese Mädchen an, wie schön sie sind. Sie sind so schön und weich und sie sind nur für uns da, sie sind für uns gekommen, sie haben sich für uns
schön gemacht, für uns wiegen sie ihre Körper im Rhythmus. Und seht euch uns an, ja seht euch die Burschen an, wie sie die Mädchen bewundern, wie sie für euch Mädchen alles tun werden, was ihr wollt. Sie werden euch die Steme vom Himmel holen und mehr. Sie freuen sich darauf und jeder ist der Beste, jeder auf seine Art, sie sind für euch hier, sie sind für euch schön und sie sind nur für euch stark. Genießt die Umgebung dazu, der Wald und der See sind glücklich über euch. Es gibt keinen Regen heute und morgen auch nicht. Und, freut euch auf das „Schof“, es ist für euch, auch das Bier, der Wein, das Haschisch und der Koks, genießt es Leute, seid unmäßig, kennt kein Maß. Seid grenzenlos, liebt einander und feiert mit mir ein schönes Fest.

Es erhob sich ein unheimliches Gejohle und „Jawol|“ Geschrei, Geklatsche und Gestampfe und nun, genau jetzt begannen die „Willi Warma“ zu spielen. Mit einem stampfenden, monotonen Rhythmus begannen sie. Im Tal hallte es wider und alle wippten im Rhythmus. Ich sah um mich und sah glückliche Gesichter. Norbert rollte gerade das zweite Bierfass her und schlug es an, was mit einem Gejohle quittiert wurde. Wein wurde getrunken und ich genehmigte mir ein Cola. Dort und da stieg ein Wölkchen auf und man roch den Duft des guten Haschisch. Um das Feuer auf den Baumstämmen hatten sich die Leute gesammelt und saßen dicht an dicht. Es war noch warm, wurde aber schon dunkel und nun wurde das Feuer zum Mittelpunkt. Zuerst war das Wasser das Zentrum, weil die meisten in den Teich gesprungen waren, weil's so heiß war. Doch nun war das Feuer der Mittelpunkt,

um den sich alles zu sammeln begann Und immer noch kamen neue Leute, Bekannte und gänzlich Unbekannte und feierten mit uns. Thomas saß zwischen zwei Frauen und hatte schon um eine nicht mehr ganz taufrische seinen Arm gelegt und streichelte mit seiner rauen

Hand ihren weichen Schenkel. Ich lugte so halb durchs Feuer auf diese Idylle. Die Schöne hatte auch einen üppigen Busen und ein weißes Hemd, welches offen stand, nur unten waren die Enden verknotet. Sonst hatte sie nur einen Slip an, weil sie auch vorher im Teich war, und Thomas meinte, dass es sich nicht auszahle, wenn sie jetzt was anziehe und seine Hand tastete sich am Schenkel nach oben und die Schöne, sie hatte eine Löwenmähne roter Haare, schmiegte sich an ihn. Ich freute mich mit ihm. Mehrere Leute begannen zu tanzen, weil die „Willi Warma“ wirklich toll loslegten. Neben Thomas und der Roten, welche mittlerweile in ein ganz tolles Geschmuse verwickelt waren, saßen zwei Mädchen, Verkäuferinnen von einem Modegeschäft, eine war oben ohne und die andere hatte eine durchsichtige Bluse an. Daneben saßen einige Fotografen und der Pressefritze, der immer fotografierte und dann die Fotos freiberuflich den Zeitungen anbot. Der hatte heute aufs Fotografieren fast vergessen. Nur die oben-ohne-Biene fotografierte er von allen Seiten. Doch sie kam auf ihn zu, lugte in die Linse, nahm ihm die Kamera weg und schmuste ihn nieder. „Ist doch besser als fotografieren", meinte sie. Ich beobachtete eine junge knabenhafte Hübsche die neben dem Feuer tanzte. Diese bewegte ihren schlanken Körper schlangenmäßig zur Musik. Etwas weiter weg saßen Leo und Norbert und Norberts langjährige Freundin war auch da. Sie wollte Leo verführen, was schwierig war. Leo benebelte sich gerade am Joint und machte einen ordentlichen Hacker, dann gab er ihn weiter. Der Joint kam zu Brillo, einem alten langhaarigen Hippie in Cowboystiefeln und goldbesticktem Gilet und tätowierten Oberarmen. Dort verweilte er auffällig lange, bis er zu Brillos Frau Helga gelangte, welche, romantisch gekleidet und mit wissendem Blick einen tiefen Zug machte, um den Joint an den neben ihr sitzenden Peter weitergab. Der war ein Chemiker aus St. Pölten, hatte blondes Haar und einen Bart und er saugte so richtig an und pumpte sich den Rauch hinunter bis zu den Zehen. Auf Peters Schenkel saß eine mir unbekannte, ganz junge mit kurzen schwarzen Haaren und wunderschönen dunklen Augen und langen schlanken Schenkeln. Sie nahm den Joint vorsichtig, schloss die Augen wie beim Küssen und saugte lange und innig. Nun. das war das Ende dieses Joints. Doch es war nicht der letzte auf diesem Fest. Peter, der Chemiker, hatte mir geflüstert, er habe zu den Getränken eine Kanne mit Kakao gestellt, aber es ist ein MDA-Kakao. „Also", meinte er, „wenn du ordentlich auf Trip gehen willst, trink ein Achtel." Ich blickte zum Kakao, und einigen Freaks. Die tranken sonst niemals Kakao, dieser schien ihnen aber ausgezeichnet zu schmecken. Ich erzählte Julia von dem Getränk und sie meinte, „Oh Gott, die Kinder, hoffentlich hat kein Kind Kakao getrunken." Und sie stellte sich zum Kakao und passte auf, dass kein Kind einen trank. Die Kinder wiederum beschwerten sich bei ihren Eltern: „Papi, die Frau da (wie kann man nur so von Julia sprechen) gibt mir keinen Kakao. Aber gottlob wurde der Kakao eh schnell weniger, weil es sich herumsprach, was drinnen war und die Zahl der Kakaofreunde sprunghaft anstieg. Bei der Feuerstelle, ich legte immer von Zeit zu Zeit nach, was mir den Beinamen „Dem Teufel sein Heizer" gab, war das „Schof" gerade fertig und der Schafzüchter nahm es herunter und zerlegte es fachgerecht. Es sah gut aus, außen knusprig und das Fleisch fiel von den Knochen. Ich organisierte mir ein Jausen Brett und ein Glas frisches Quellwasser und holte mir ein gutes Stück vom Schinken und ein frisches Brot dazu und brachte auch Julia und Peter dasselbe. Julia befand sich noch immer in der Nähe des Kakaos. Nun begann ein gutes Schmausen, es schmeckte herrlich Die „Willi Warma" machten Pause und zogen erstmal noch eine Straße von dem Koks auf, um sich dann auch auf das „Schof" zu stürzen. Nun saßen, standen, lagen alle nagend und kauend herum und in erstaunlich schneller Zeit wurde das Schaf kleiner und die Leute satt. Knochen lagen am Boden herum. Ich legte eine CD auf, „Beggars Banquet" von den Stones. Mittlerweile war es ca. 9 Uhr geworden, ganz finster, es war Neumond, bis auf die Feuerstelle, welche nun, da das Schaf weg war, hell und hoch aufloderte, sodass den Rundumsitzenden die Kniescheiben zu glühen begannen. Nur die dralle Rothaarige, die mittlerweile auf Thomas' Schoß saß mit gespreizten Beinen, der begann der Hintern zu glühen.

Es kamen immer noch Leute, ich glaube, es waren sicher schon über hundert. Ich zählte so zwischendurch die Eintrittsgelder. Dreizehntausend Schilling. Das heißt hundertdreißig zahlende Gäste, das Haschisch nicht mitgerechnet. Ich renne auf die Bühne und spreche: „It's a free festival from now over".

Der Willi von den „Willi Warma" und sein Baßgitarrist kamen zu mir. Ist's so O.K.? Es ist O.K., oh Mann, so ein gutes Fest. Willi meint, man könnte doch hier in einigen Wochen ein noch viel größeres Fest machen, mit zehnmal, nein hundertmal so vielen Leuten, mit dem Fernsehen und man könnte eine Live-CD pressen, wir sind so gut drauf hier und man könnte es live im Rundfunk übertragen und man könnte Seitenblicke .. „Ihr sollt nicht so viel Koks aufschnüffeln", sagte ich. Doch richtig interessant wurden die Geschichten der Kakaotrinker. Die waren vielleicht drauf. Sie erzählten mir von leuchtenden Waldgeistern, von der Ausstrahlung der Natur, wie die spürbar ist und Kreise zieht, sie erzählten mir von dem unheimlichen und doch so kräftigen Rauschen oben in den Baumwipfeln. Das „Kraft-Rauschen", wie sie es nannten. Nun bemerkte ich es auch, es kam ein leichter Wind auf. Eine Amstettnerin, offensichtlich auch dem Kakao zugetan, torkelte tropfnass herum und sprach von der wahrlich göttlichen Erfahrung der vier Elemente. „Hast du dich denn auch schon verbrannt?" fragte ich das hübsche Kind, doch sie sah mich mit solch staunenden Augen an, sodass ich da nicht mehr weiterfragte.

Sich irn Kreise drehend, wankte sie von dannen, einem Vater eines Freundes von Peter in die Arme. „Ja Kind, du bist ja ganz nass“, bemerkte der geistesgegenwärtig, „du musst dich sofort ausziehen, sonst verkühlst du dich“ Ich war ihm den Spaß vergönnt. Hoffentlich bekam seine Frau nichts mit von seiner Hilfsbereitschaft. Die zwei sanken am Waldrand auf einer leeren Decke nieder und in der Dunkelheit flogen nasse Kleider umher. Die Band hatte wieder zu spielen begonnen und nun tanzten die meisten, teilweise schon halb nackt schüttelten sie sich im Rhythmus. Einer versuchte mit einer vollen Weinflasche auf dem Kopf zu tanzen, doch immer wieder fiel sie runter und bespritzte die anderen, was keinem was ausmachte. Wo war Thomas, dachte ich bei mir. Wo er saß, auf dem Baumstamm, war er nimmer. Doch halt, seine Füße waren noch auf dem Baumstamm. Ich ging rundherum, da lag er in der Wiese. obendrauf die dralle Rothaarige, mittlerweile ganz nackt und sie bumste ihn, dass es eine Freude war. Ihr Busen streifte gerade immer seine Brust und er war voll bei der Sache. Das Stöhnen und die Schreie unterdrückten die zwei noch Ein paar sahen dem Treiben zu und spanen nicht mit Kommentaren, einige andere auf dem Baumstamm waren auch schon in innigem Geschmuse, Brüste wurden freigelegt und massiert und Hosentürln mit zarten Fingern aufgeknöpfelt. Bei den Tanzenden aber ging's auch hoch her, die „Willis“ heizten ihnen immer mehr ein, die Rotweinflasche kreiste und ab und an kam auch ein Joint vorbei und die Kakaotypen brauchten sowieso heute nichts mehr.

Silvia kam zu mir und meinte, man könne doch hier bei Thomas eine Art Zentrum für naturverbundene Freaks aufbauen, eine Saunahütte errichten und so und einen Meditationsraum. Ich hatte den leisen Verdacht, dass Silvia auch zu viel Koks erwischt hatte, aber ich sagte nichts, denn so schlecht waren die Ideen gar nicht. Man könnte so vielleicht Thomas helfen. Aber ich sagte, „Das bereden wir morgen untertags, lass uns heute das Fest genießen, morgen brauchen wir auch nicht so schreien, wenn wir reden miteinander. Die „Willis“ hatten ganz schön aufgedreht. Mittlerweile war es Mitternacht geworden, und ich glaube es waren alle da. Die Schätzungen begannen. Wie viele sind wir? Zweihundert? Hundertfünfzig? „Ich weiß sicher“, sagte ich, „dass hundertdreißig bezahlt haben.“ Alle Helfer werden morgen ins Gasthaus zum Essen eingeladen von dem Geld, das übriggeblieben ist. Ich legte eine ordentliche Ladung Holz nach, wenn man weiter weg war vom Feuer, wurde es schon ein bisschen kühl, aber nicht arg. Schön loderte das Feuer in den schwarzen Himmel. Funken stoben. Die flackerhaft beleuchteten Tanzenden waren ein traumhafter Anblick. Die Boutique-Leute kamen und sagten, „Kompliment für dieses Fest.“ Es kam eine Spielpause und ich legte eine langsamere CD ein, etwas leiser Bon Jovi. Passte zum Lagerfeuer. Thomas setzte sich zu mir. Ich habe ihn schon lange nicht mehr so glücklich gesehen. „Die Frau ist ein Wahnsinn“, meinte er. Die Rote stand hinter ihm, sie hatte sich ein kleines Unterhemdchen mit Spaghettiträgern übergezogen, mit welchem sie fast noch mehr sexy aussah als ganz nackt. Thomas legte seinen Kopf zurück zwischen ihre schönen Brüste und sie kraulte seinen struppigen Bart. Julia kam zu uns und sie setzte sich auf meine

Schenkel und erzählte, dass Gott sei Dank der Kakao aus war, und kein Kind etwas abgekriegt hatte. ich erzählte ihr von Silvias Idee und auch Julia meinte, das sei gut. Meditation, Musik, Sauna, schwimmen, naturverbunden sein, erdverbunden sein, das ist es. Leider, einer flippte aus. Ich kannte ihn flüchtig, es war ein alter Hippie, der meist besoffen war. Nun taumelte er herum und grölte, dass alle Arschlöcher wären, aber warum, sagte er nicht. Er versuchte ein Mädchen, welches oben ohne tanzte und ihren Busen hüpfen ließ, zu grapschen und kratzte sie dabei blutig. Die lief davon und eine andere sagte, stoppt doch den Typen. Nun musste ich hingehen und ihm sagen, er möge damit aufhören. Er schimpfte nur noch lauter. So stand Norbert auf, klebte ihm eine, dass es ihn dreimal um seine eigene Achse drehte und dann der Länge nach hinschmiss. Ich packte ihn bei den Füßen und zog ihn in den Wald. Dort blieb er, er jammerte noch etwas herum und schlief dann ein. Obwohl die „Willis" wieder auf viel Bitten hin zu spielen begonnen hatten. „Zum letzten Mal", sagten sie. Es wurde eine Stunde Rhythmus total und wer noch nicht in Trance war in dieser Nacht, der war es jetzt. Es war ein Stakkato von Klang, Feuer, Menschen und Erde. ich tanzte und wurde getanzt. Julia wirbelte vorbei.
Alle wirbelten durcheinander, nackt oder bekleidet, alle riss es mit. Die „Warmas" verstanden ihr Handwerk. Einer begann durchs Feuer zu springen. Ein Gejohle entstand und einer nach dem anderen versuchte es. Auch wurde mit dicken Ästen auf das brennende Holz geschlagen, sodass ein riesiger Funkenregen entstand. Die Band hämmerte einen technoartigen Rhythmus unüberbietbar monoton und genauso mitreißend. Alle waren wir in Trance, und alle liebten wir uns und alle liebten die Erde, auf die sie ab und zu fielen. Fremde fielen sich in die Arme, jeder küsste jeden und man begoss sich mit Wein. Und das alles geschah im Rhythmus der „Willi Warma".
Plötzlich war es aus. Der letzte Ton verhallte. Ohne Vorankündigung, mitten im Rhythmus hörten sie auf. Alle standen da und schauten blöd. Doch dann kam der Applaus. Alle schrien und johlten wir, hüpften und klatschten, doch die „Willis" stellten ihre Instrumente weg und mischten

sich unters Volk. Plötzlich ging einer zum Feuer, streckte seine Hand aus und sagte:„Lodere, Lohe“ und das Feuer, mit Brausen und Tosen, loderte auf und die Feuersbrunst war sicher über drei Meter hoch.
Alle erstarrten und blickten fassungslos auf den Feuerbeschwörer. Es war ja ziemlich hell nun in der Runde und überall erstaunte Augen und geöffnete Mäuler. „Lodere weiter, Lohe“, sprach der Feuerbeschwörer in tragendem Ton und das Feuer wurde angespornt und in einer riesigen Säule loderte es empor und spie einen Funkenstrahl weit in den Himmel. Der Feuerbeschwörer drehte seinen Kopf und ich konnte ihn erkennen. Es war der Metaphysiker.
Er schien einen Ausweg gefunden zu- haben. Nun stieg er ins Feuer. Ganz langsam und theatralisch Zuerst streckte er die Hand hinein, langsam, dann streckte er den Fuß aus, ganz langsam und stieg hinein in die Feuerlohe. Er war drin. Einen Moment sah man die Silhouette seines Körpers im Feuer, schon huschte er auf der anderen Seite wieder hinaus. Rauchend, eine Rauchfahne hinter sich herziehend lief er und platsch und zisch sprang er in den Teich Nass, aber doch noch rauchend kam er wieder, ohne Augenbrauen und mit verkohlten, gekräuselten Haaren wie ein Neger. Der schwarze Fetischforscher sprang auf ihn zu und küsste ihn. Alle applaudierten und „Bravo“ Rufe ließen den Metaphysiker seinen Schmerz vergessen.
Das Lagerfeuer, sich seiner Überlegenheit durchaus bewusst, hatte sich wieder auf normale Größe eingependelt, sodass noch jemand wagte, durchzuspringen. Dieser musste nicht mehr in den Teich, um sich zu löschen. Nun versuchten es immer mehr, das Feuer wurde auch immer kleiner. Aber ich legte nun ordentlich nach, trockenes Reisig, und das Feuer loderte wieder ordentlich auf. Langsam beruhigte sich alles wieder, der „abgebrannte“ Metaphysiker setzte sich zu mir und wir sprachen über das Feuer. Ein dicker Joint wurde angeheizt und einer von unzähligen Dopplern Wein kam vorüber. ich ließ es ruhig, legte noch keine CD auf. Das Feuer knisterte und die Tanzenden ließen sich auf die Decken fallen. Nun begann gewissermaßen das Geschichtenerzählen. Dort und da hörte man jemanden Abenteuer

erzählen. Noch übriggebliebene Schaffleischknochen wurden abgenagt, manche waren auf der Suche nach Bier, und die neu Verliebten hatten sich in den Wald zurückgezogen. Thomas war wieder auf dem Posten. Selig grinsend schaute er ins Feuer. Die Rote war nirgends zu sehen. Die Gespräche drehten sich darum, was man alles machen könnte, hier im Tal. Man merkte, dass denen, die gekokst hatten, die meisten Ideen kamen, aber nicht die besten. Die Eingerauchten hatten die lustigsten Ideen, die Kakaofreunde die undurchführbarsten, und die Besoffenen überhaupt keine. Nicht mal eine Schnapsidee.

Es waren schon weniger Leute geworden, sicher, viele hatten sich in ihre Zelte verzogen, und dort und da verabschiedeten sich welche. „Grüß euch, schön war`s, danke", und so und sie verzogen sich Nun war der Kreis ums Feuer ein großer und das Geschichtenerzählen ging weiter. Eine große Debatte entstand, ob es besser sei, dünne oder ganz dicke Äste zu verheizen. Die dicken brennen länger, man braucht nicht oft nachzulegen aber die dünnen machen ein schöneres Feuer.

Das Feuer war schön. Wir versanken darin, sodass wir kaum bemerkten, dass es zu dämmern begann. Plötzlich fing der erste Vogel an zu singen. Er sang ein wunderschönes Lied. Manche sang er in den Schlaf. Mehrere Leute gingen zu ihren Autos und fuhren nach Hause. Viele schliefen auf ihren Decken und einige in den Zeiten.

Die Vögel machten ein richtiges Morgenkonzert und es wurde immer heller. Nur noch eine kleine unermüdliche Runde saß rund ums Lagerfeuer und erzählte Geschichten aus Afghanistan. Thomas wankte in seine Mühle.

Ich hatte mich schlafengelegt, Julia und Peter schliefen schon seit standen ratlos herum und eine kleine Runde saß noch immer ums Feuer, welches nur mehr gloste, und erzählte Geschichten. Der Teich lag ruhig und friedlich in der Sonne und mittendrin schwamm ein Rupie-

Schein. einiger Zeit fest im Zelt. Ich legte mich zu meinen Lieben und schlief fest ein. Es muss Mittag gewesen sein, als ich aufwachte. Ich lugte aus dem Zelt. Es war schon ziemlich heiß. Ich stapfte heraus. Julia war schon mit Aufräumarbeiten beschäftigt und einige halfen ihr. Einige

Neben der Feuerstelle vollführte ein Typ, den ich vorher noch nie gesehen hatte, einen japanischen Schwerttanz. Es war wunderschön anzusehen, wie er sein Samurai-Schwert durch die Luft wirbelte. Er hatte einen perfekten Körper und die Bewegungen waren die reine Harmonie. Ich setzte mich zum Feuer und sah ihm zu. Das Schwert blitzte in der Sonne und zischte durch die Luft. Plötzlich fiel mir Thomas ein. Der hatte keinen perfekten Körper und seine Bewegungen waren nicht die reine Harmonie. Ich werde ihn besuchen gehen in seiner Mühle, dachte ich und ging los. Als ich zur Mühle kam, bemerkte ich, dass der Riss in der Wand noch breiter geworden ist, und nun drohte tatsachlich die linke Wand wegzubrechen. Hier lag ja auch der Dachstuhl auf und der drückte auch gegen die Wand. Ich ging herum ums Gebäude, am Mühlstöckl vorbei. die halb fertigbetonierte und verfallene kleine Stiege bis zur Eingangstüre hoch. Sie war nur angelehnt, ich machte sie auf und dieser Eiseshauch kam mir entgegen. Schemenhaft war

das ganze Werkzeug und Gerümpel zu erkennen. Der Haufen ist schon wieder größer geworden, dachte ich mir, doch als ich genauer hinsah, erblickte ich Thomas, welcher in seltsamer Verrenkung zwischen Benzinkanistern, Schraubstöcken, Schaufeln, Rechen, Bohrern und Kettensägen lag, wie eine Stoffpuppe, welche man auf den Haufen geschmissen hatte. Er muss da umgefallen sein wie ein Mehlsack. Einige leere Kannen oder Dosen lagen auf ihm drauf, und, sonderbar, irgendwie fiel er gar nicht auf. Der Haufen mit Thomas war eine Einheit. Seine Hose sah ohnehin wie ein Putzlappen aus, und seinen struppigen Bart konnte man ohne weiteres mit einem alten Klo Besen verwechseln. Aus seinem ofenrohrähnlichen Mund drangen Schnarch Laute, welche aber durchaus auch von einer abbröselnden Wand stammen könnten. Weil, hier in der Mühle hörte man immer etwas schaben und krächzen und plumpsen. Ich sah ihn an und dachte an den Schwertkämpfer. Doch waren es nicht beide Geschöpfe, von Gott geschaffen?

Natürlich, Arbeit musste auch sein. Julia arbeitete halbtags als Arzthelferin, ich hatte bei der Analytic-labors einige Erfolge, ich konstruierte Aufschlussblöcke und ich arbeitete daran, die Daten der Analyser automatisch ins EXCEL zu bekommen. IEEE Schnittstellen mussten auf VGA umgearbeitet werden. Bei den Analysern war das Komma ein Punkt, im Excel ein Beistrich und viele weitere Schwierigkeiten. Weiters, da ich mich ja graphisch auskannte, musste ich Plakate, Broschüren und Flyer layouten bis zur Druckreife. Machte Spaß. Ich begann, die Beamten-Matura zu machen, um die Voraussetzung für einen B-Posten zu haben. So besuchte ich die Abendschule. English konnte ich gottlob durch mein Jahr in Indien recht gut. Lesen musste ich üben, aber Smalltalk konnte ich besser als die anderen. Ich lernte interessante Dinge, las Goethe und Schiller, informierte mich über Geschichte und Politik. Und ich dachte zurück, als ich 19 war und bei Demos „Ho ho Hochi minh" rief, Mao verehrte, obwohl er ein Massenmörder war. Wir riefen ho chi minh, winkten mit der Mao Bibel obwohl wir absolut keine Ahnung von irgendwas hatten. (oder deswegen)

Als Jugendlicher hatte ich wenig gelernt, aus der Schule haben sie mich in der 5. Klasse hinausgeschmissen wegen Blödheit und Boshaftigkeit. „Perfahl, dreh dein blödes Gesicht zur Wand, du verdirbst die Moral der Klasssäää" brüllte der Professor, als ich im Eck stehen musste, und Richtung Professor Wichsbewegungen machte.

Jetzt aber war ich am Lernen. Mal was Neues für einen Hippie. Die langen Haare hatte ich mir abschneiden lassen. Als ich die Haare noch hatte, trug ich oft einen Hut mit einem Tuch herumgebunden und einer großen Feder. Als ich mir dann eine Glatze scheren ließ, bat ich den Friseur, die Haare nicht wegzuwerfen. Ich klebte sie mithilfe eines Gaffa-Bandes innen in den Hut. Dann setzte ich ihn auf, mitsamt den Haaren. Daher sah ich genauso aus wie vorher. Als ich dann auf der Landstraße ging und Freunde traf, zog ich den Hut mitsamt den Haaren. Laut musste ich über die verblüfften Gesichter lachen.

Zu Hause lernten wir zu dritt, Maria, Keith und ich. Ich bestand die B-Matura und bekam alsbald einen B-Posten und wesentlich mehr Kohle. Beim Altpapiercontainer tranken Julia und ich eine Flasche Sekt, und ich versenkte alle Schulsachen mit einem Freudenschrei im Container. Zur Belohnung machten wir vier einen Monat Urlaub in

TUNESIEN

Euer Herr spricht: „Betet zu mir, ich will euer Gebet erhören“

Wir hatten uns ein günstiges Hotel in Nabeul ausgesucht, und von Wien Schwechat gings ab in den Süden. Es war heiß und schön, direkt am Strand, mit großem Pool, Poolbar und so. Wir genossen das eine Woche, dann machten wir einen Ausflug nach Tunis, gingen den beschilderten Touristenpfad durch die Altstadt, tranken Pfefferminz Tee, ließen uns in die Geschäfte hineinzerren, besahen Teppiche, Messingteller, Teeservice, Wasserpfeifen, Tavli Spiele, Schachteln und Schatullen und mehrere Vasen und Keramikgegenstände.

Natürlich besuchten wir auch die wunderbare Oberstadt Sidi bu said, mit den schönen Cafe Häusern, alles in weiß und blau.

Natürlich unternahmen wir auch einen Ausflug in die Wüste. Wir benutzten den Night train und fuhren damit bis Gabes. Dort nahmen wir ein Taxi für eine Wüstenfahrt. Der Fahrer, Ben Ali Mbarek kannte sich aus und so sausten wir durch Südtunesien. Es war ordentlich heiß, denn die versprochene Klimaanlage entpuppte sich als offenes Fenster. Wir besuchten die Oase Douz, wo es auch ein Campement für Touristen gab, dort speisten wir zu Mittag. Je weiter man vom Tourismus entfernt war, umso freundlicher wurden die Leute. Mbarek fragte uns, ob er noch zur Oase Kebili fahren dürfe, weil dort hatte er Verwandte, die er besuchen wollte. Nun, wir hatten nichts dagegen und so ging´s auf halb versandeten Straßen weiter durch die Wüste. Draußen hatte es 47°, im Auto gefühlte 77° Aber es war ein Erlebnis. Mbarek erzählte uns von der Gegend, dass es auch so alle paar Jahre mal regnen würde, dass es bei Kebili einen großen Salzsee (Chott el Jerid) gäbe und dass er auf der Hadsch in Medenine gewesen war.

Nach Stunden Fahrt erreichten wir die Oase Kebili. Es gab dort eine Wasserstelle, wo wir erst mit wunderbar kaltem Wasser unseren Durst löschten. Sonst gabs hauptsächlich Dattelpalmen, es war hier ein großes Exportgebiet von Datteln. Die Verwandten von Mbarek nahmen uns freundlich auf, servierten Pfefferminztee, und wir unterhielten uns prächtig auf Französisch, was ich nicht besonders gut konnte, und Ali´s Verwandte auch nicht. Hier gab es wenig oder gar keinen Tourismus, weswegen die Leute ausnehmend freundlich waren. Ali und seine Verwandten hatten sich viel zu erzählen, wir unternamen derweil einen Spaziergang in der Oase. Feiner Sand, Pisten, Palmen und ein paar Hütten, und einige abgemagerte Kamele und Ziegen. Auch einige Leute, weiß gekleidet mit Turban stapften umher. Danach saßen wir noch mit Alis Onkel beismmen, und es gab Hammel zu essen mit Fladenbrot, dazu Wasser und Arrak

.

Zurück nach Douz ging´s am Abend, wo es schon kühler war und wir übernachteten mitsamt Ali im Campement. Am nächsten Tag, nach einem guten Frühstück brachte uns Ali zurück nach Gabes, und wir besahen uns diese orientalische Stadt. Zurück ging´s wieder mit dem Night train, der war klimatisiert, roch zwar stark nach Schimmel, aber trotzdem konnten wir gut schlafen. Julia, Maria und Keith hatte der Ausflug auch gut gefallen. In der Früh kamen wir nach Bar bu Reckba, wo wir umsteigen mussten, in den Zug nach Nabeul. In Nabeul angekommen genossen wir noch 14 Tage Strand, Baden und bummeln gehen, dann gings wieder heim.

In der Arbeit ging´s voran, einmal im Jahr fuhren wir, Petra, Dr. Eichelbaumer und ich nach München auf die Analytica, die Fachmesse für Instrumentelle Analytik. Dort besahen wir uns die neuesten Analyser, Spectrometer etc. Auch ein Labor-Roboter war ausgestellt. Ein etwa 1m großer beweglicher Arm, der sich verschiedene Arten von Greifern holen konnte. Das wäre was für uns! Er konnte pipettieren, schütteln ein Gefäß nehmen und ausleeren etc. Er fuhr dabei mit beachtlicher Geschwindigkeit hin und her. Der PC wurde auf Lernmodus geschaltet, dann brauchte man nur noch den Arm führen zu seinen Tätigkeiten. Wir durften das ausprobieren. Neben dem Roboter stand ein riesiger, 20l Rundkolben mit einem Rührwerk und einer hellgrünen, fluoreszierenden Flüssigkeit. Nun führten wir den Arm des Roboters mit einem Mordstempo in Richtung des Kolbens. 3 cm vor dem Kolben wechselten wir abrupt die Richtung, vorbei am Kolben. Als wir den Roboter dann laufen ließen, sah das sehr bedrohlich aus. Man meinte, der Arm zertepperte den Kolben, und alle Zuseher erschraken sehr. Huch! und Oha! - Rufe waren zu hören. Wir drei hatten natürlich eine Mordsgaudi. Kaufen durften wir ihn trotzdem nicht. „Dann habt ja ihr nix mehr zu tun“ meinte Doktor Eichelbaumer.
Abends bummelten wir durch Schwabing. In einer Hard Rock Bar fragte ich den dicken glatzerten, voll tätowierten, Barkeeper, ob er auch Schilling annehme.
„Deine Beilagscheiberl kannst behalten“ meinte er. Am nächsten Tag ging es natürlich in die Kaufingerstrasse und ins Hofbräuhaus. Nix für mich, ich trink kein Bier, Petra auch nicht und Dr. Eichelbaumer wenig. So tranken wir ein paar Weißwein-Schorlen (bei uns G´spritzte). Ein Preuße und ein Münchner sitzen im Hofbräuhaus. Der Preuße bestellt sich ein kleines Bier. Der Kellner sagt. „Woat bist an Durscht host“ brachte ihm aber dann doch ein kleines Gläschen Bier. Der Münchner bestellt eine Maß, der Kellner sagt „Jawoi“ Der Preuße nippt an seinem Bier, der Münchner nimmt einen ordentlichen Schluck. Nach nicht allzu langer Zeit bestellt sich der Münchner die zweite Maß. Der Preuße nippt

am Gläschen. Als sich bald der Münchner die dritte Maß vergönnt, meint der Preuße:
„Also wir im Norden trinken nur so viel wir Durst haben“
„Wia de Viecha“ meinte der Münchner.

KUNST

Zu Hause begann ich, Videos zu machen. Ich besaß einen PC und ein Schneideprogramm Magix pro x4 und eine gute Digicam. Damals das allerneueste. Früher wurde auf Film gefilmt, super 8, ein 3min Film kostete 100,- ÖS. Dann konnte man digital auf ein Tape bis zu einer Stunde filmen. Beim Einspielen in den PC gingen dann nur 20min, wegen Speicher. Na, heute ist das anders.

Es erwachte in mir die Freude an der Kunst. Einmal kam Maria nachhause und sagte, sie habe ein Bild aus Spiegelstückchen gesehen. Sowas möchte sie auch machen. Sie war mittlerweile 13 und ich brachte Holzplatten, Kleber, Farbe und mehrere Spiegel. Die Spiegel wurden zertrümmert, und Maria ging ans Werk. Sie sprühte, klebte und kleckerte. Und klirrte. Nach einiger Zeit hatte sie tatsächlich ein ansehnliches Bild aus Scherbenstückchen fertig. Ich lobte sie ordentlich und dachte, das mach ich auch. Ich holte vom Trödler mehrere

Spiegel, welche auf kleine Scherben zerteppert wurden. Auch ich schaffte ein ansehnliches Scherbenbild. Mit roter Farbe wie Blut. Keith besah sich unsere Kunst, hatte aber keine Zeit, mitzuarbeiten, da er ja gerade Matura machte. Julia begann die Bilder zu fotografieren, so entstanden fantastische Fotos.

„Weißt du was, Töchterchen“ sagte ich „jetzt machen wir ein Jahr lang Spiegelbilder und dann eine Vernissage. Maria war begeistert.

Anbei eine Ode an die Scherben:

SPRÖDE SPLITTER SPITZE SPRODE STUCKE ZERBROCHENE ZEREETZTE ZERMALMTE ZERWOREENE SCHERBEN SCHARFE SCHERBEN SCHNEIDEND SCHARFE SCHEREEN STUCKE SCHNEIDENDE STUCKE SCHARFE STUCKE KLEINE SCHNEIDENDE STUCKE SPIEGEL SCHERBENSTUCKE KLEINE SPIEGELSCHERBENSTUCKE SCHARF UND SCHNEIDEND SPRODE KALT UND KLIRREND KLIRRENDE KLINGENDE KALTE KAPUTTE SPIEGELSCHERBENSTUCKE KLIRRENDES GLAS ZERBROCHEN TONEND ZERSPRINGEND KLIRREND UND KALT KLEINE SPITZE KLIRRENDEZERBROCHENE SPIEGEL SCHERBENSTUCKE SPIECELN WORTE WIDER KLEINE STUCKE LEUCHTEN KLEINE STUCKE LEITEN DAS LICHT KLEINE SPLITTER SPIEGELN WEISE WORTE WIDER WEISE WORTE WERDEN VON KLEINEN STUCKEN IN KLEINE TEILE ZERLEGT IN KLEINE SPITZE SPRODE TEILE IN ZERBROCHENE ZERFETZTE ZERWORFENE UND VERFALSCHTE SCHARFE SCHERBEN MAN SOLL DIE SCHERBENSTÜCKE BELEUCHTEN MIT ROTEM LICHT MIT ELAUEM LICHT INS RECHTE LICHT RUCKEN ERHELLEN ERSTRAHLEN SICHTBAR MACHEN DEN TEXT SICHTBAR MACHEN IN DEN ZEREROCHENEN SCHERBENSTUCKEN ACHTSAM SEIN ACHTGEBEN AUF DIE SPIEGELSCHERBEN

DAMIT DER TEXT SICHTBAR WIRD UND SICHTBAR IM SCHONEN UND KLAREN IN DEN BIZARREN KLAREN SPIEGEL SCHERBENSTUCKCHEN WIRD EIN KLARER UND KAUM BIZARRER TEXT DIE SPIEGELSCHERBENSTUCKCHEN GLANZEN IM ROTEN UND BLAUEN LICHT SIE GLANZEN UND GLITZERN SIE ERSCHEINEN HUBSCH UND HERZIG IN IHRER KLEINHEIT SIE SIND KLEIN SCHON UND LIEB SIE SPIEGELN DEN TEXT WIDER UND SIE ZEUCEN DAVON DASS AUCH IM KLEINSTEN IN DEM KLEIN STEN STÜCK IN DER KLEINSTEN SCHERBE IM WINZICSTEN BRUCHSTÜCK DIE SCHONHEIT ZU ERKENNEN IST DASS IM KLEINEN FREUDE ZU FINDEN IST DASS IEDES BRUCHSTUCK IEDES ZERBROCHENE BRUCHSTÜCK DOCH EIN GANZES IST WELCHES SCHON IST GLANZT UND GLITZERT WELCHES IN GLEISSENDEM ROTEN UND BLAUEN LICHT ERSTRAHLT WELCHES ALLES WIDERSPIEGELT WAS SCHON IST WAS LIEB IST WAS GUT IST WELCHES DIE LIEBE WIDERSPIEGELT UND VON LIEBE DURCHSTRAHLT IST.

Keith bestand die Matura und er fuhr mit seiner Klasse nach Side in die Türkei zum Feiern. Wir waren sehr glücklich! Er wollte nach Wien, Architektur studieren. Eine Freundin hatte er auch, die Sonja, eine nette Schulkollegin.

Mit meinem Freund Pedro, einem langhaarigen Saxophonspieler, plante ich, einen Scherbenbildfilm zu machen. Pedro taugte das auch, und er war eifrig bei der Sache. „Das Leben ist kurz“ pflegte er zu sagen, man soll keine Zeit vertrödeln. Im Garten machten wir einen riesigen Scherbenhaufen, mit dem schepperten und klirrten wir herum. Maria, als Erfinderin der Scherbenkunst, tat natürlich auch mit und unsere Freundin Ulli spiegelte sich nackt tanzend in 1000

Scherbenstückchen. Pedro sampelte in seinem Tonstudio aus dem Scherbengeklimpere eine super Musik – ganz was Neues. Das Ganze unterlegte er mit einer smoothen Basslinie und spielte einige Saxophonklänge dazu. Es entstand ein einzigartiges Musikvideo. Wir nannten es „Das metaphysische Kipferl“ weil ein Bild von Maria so hieß.

Keith war in Wien und begann mit dem Architekturstudium. Wir haben ihm ein kleines Zimmer im Evangelischen Heim organisiert, Maria und ich machten fleißig Spiegelbilder. Leider war Julia zusehends unzufriedener mit unserer Ehe geworden, sie hatte auch etwas von meinem Verhältnis mit Anneliese mitgekriegt, die ich immer noch ab und zu traf. Sie war so schön. Nun, ich war leider anfänglich in meiner Ehe mit Julia nicht der treueste Mann gewesen. Ich hatte es einfach sehr leicht bei den Mädchen und konnte nicht nein sagen. Julia hatte auch im Beruf Schwierigkeiten, sie wurde gemobbt. Sie fiel in Depressionen und Burnout und glaubte, ich sei an alldem schuld. So lebten wir uns auseinander. Ich horchte Techno, sie Schubertlieder. Das nur als Beispiel. Mit Sex wars auch aus, und auch sie legte sich einen Freund zu. Detlev, einen Schauspieler. Er sah mir zum Verwechseln ähnlich. Ich hatte ihn zuerst kennengelernt, dann erst Julia. Ich saß im Cafe und bemerkte am anderen Ende einen Typen, der genau so aussah wie ich: Bauch, Vollglatze, Schnurrbart. Ich war verblüfft. Als er herschaute, blickte ich weg, aber ich glaube, er war ebenso erstaunt wie ich. Später lernten wir uns kennen. Er war Schauspieler. Einmal im Theater in der Pause bestellte ich im Theater Café einen G´spritzten. „Oh, Herr Detlev, sie bekommen natürlich Theaterpreis. So bezahlte ich nur 5,-ÖS. Im Cafe Jentschke fragte mich jemand, ob er sich zu mir setzen dürfe. „Bitte“ sagte ich, dann sagte der „den Doolittle in my fair lady haben sie aber wieder wunderbar gespielt“ „Wollen sie ein Autogramm?“ fragte ich. Oft hörte ich, euch verwechselt man immer.
„Meine Frau leider auch“ sagte ich. So neigte sich unsere langjährige Ehe dem Ende zu. Lange war Julia eine gute Ehefrau. Wir

schmuggelten gemeinsam Goldringe aus Syrien, hatten Freunde in Istanbul, Aleppo, Frankfurt und London, der Sex mit ihr war super, und vor allem, sie war eine sehr gute Mutter, die Kinder waren glücklich und heute auch die Enkerl. Ja, es war schmerzhaft, eine große Liebe zerbrach, sie zog aus, Maria blieb bei mir, Keith war ja schon in Wien. Julia zog nicht weit weg, in ein Hofgebäude, sodass Maria, mittlerweile 15, sie jederzeit besuchen könne.

Doch unseren Plan, eine Vernissage zu machen, ließen wir nicht fallen. In der „Alten Welt“, einem Lokal am Hauptplatz gab es einen großen Gewölbekeller für Veranstaltungen, dort konnten wir unsere Werke präsentieren. Als wir genug Bilder zusammen hatten, machten wir uns einen Termin aus. Auch den Scherbenfilm mit Pedro wollten wir vorführen. Ich entwarf eine Einladung und ließ sie drucken. Dann hängten wir unsere Werke auf. Es gab Lampen zur Beleuchtung und so glitzerte und funkelte es in dem düsteren Gewölbe. Am Abend der Eröffnung kamen tatsächlich ein Haufen Leute, sie sahen sich die Bilder an, tranken Wein und schauten, wer sonst noch da ist.

Die Zeichenprofessorin von Maria hielt eine Eröffnungsrede, Maria zeigte mit zwei Freundinnen eine Jonglage mit Bällen und Tüchern, dann gabs Musik. Wir bekamen viele Komplimente, und ich konnte zwei Bilder verkaufen. Auch der Scherbenfilm kam gut an. Applaus Applaus. Es ist schön, wenn man etwas herzeigen kann, was man gemacht hat und dafür Lob und Anerkennung bekommt. Auch unser lokales Fernsehen LT1 war erschienen, und sie filmten uns und die Scherbenbilder. Wozu macht man sowas? Kunst? Wieso gefällt uns manches und manches nicht? Wieso gefallen einem Seerosen auf einem Teich, nicht aber tote Katzen auf der Straße? Evolutionäre Vorteile kann ich nicht erkennen. Ich sitze unter einem Olivenbaum und blicke aufs Meer – da bin ich glücklich. Anders ist es im Wartezimmer des Zahnarztes. Trotz schöner Bilder an den Wänden fühle ich mich nicht wirklich wohl. Das mag an den Ereignissen in der nahen Zukunft liegen. Wenn ich aufs Meer blicke, ist mir die Zukunft wurscht. Warum nicht auch im Wartezimmer? Ich bin Gott wirklich dankbar, dass ich blühende Bäume, sanfte Wiesen, Wälder, Seen, Berge, das Meer schön finde und mich daran erfreuen kann. Wäre ja fies, wenn man dies alles hässlich finden würde. Schöne Frauen, klar, braucht die Evolution. Würden wir die Frauen als hässlich empfinden, wären wir längst ausgestorben. Die Freude beim Sex, klar, wer würde sonst wohl wohl schnaxeln?

Aber das schöne Gefühl, übers Meer zu blicken, oder von einem Berg ins Tal, wem nützt das? Wohl ein Geschenk Gottes. Alle Bilder die wir Menschen malen, sind ein Abglanz der Natur. Man denke bloß an die Unterwasserwelt.

Niemand hat so viel Phantasie, sich dies auszudenken, diese eigentümlichen Viecher und Pflanzen oder Pflanzenviecher was es da gibt, unglaublich Trotzdem macht es uns Menschen Freude, ein Gemälde, eine Skulptur zu machen. Unsere Scherbenbilder spiegeln ja die Natur wider. Ich fertigte zum Beispiel aus Spiegelscherbenstückchen, aufgeklebt auf ein hellblau gestrichenes Brett eine im Lotossitz sitzende Frau mit Afro. Mit dem Bild, ca 1,2 x 1,2 m groß, fuhren wir hinaus in die Natur. Wir stellten das Bild in einen Wald, (Erde) und fotografierten dies, dasselbe in einem Bach, so war es eine Wassernixe (Wasser) natürlich Himmel (Luft) fehlte noch das Feuer. Wir fuhren zu unserer Hütte, und entfachten ein riesiges Lagerfeuer. Nun brannte die Sitzende (Feuer). Alle Fotos warteten auf die nächste Ausstellung. Wir ließen sie auf dieselbe Größe wie das Original aufblasen und stellten so vier Fotos, aufgezogen auf Grafiker-Paneele nebeneinander im Wohnzimmer auf. Das sah gut aus. Ähnliche Serien machten wir mit anderen Scherbenbildern.

Auch einen kleinen Scherbenfilm drehten wir, in dem sich eine hübsche Bekannte von mir gegenüber dem Bild im Lotossitz hinsetzte, sodass sie das Bild ausfüllte.
Nun, da Julia ausgezogen war und mit Detlev zusammen, der immer dicker wurde, ein Mondgesicht und Riesenwampe und mir immer unähnlicher wurde, sollte ich mir auch wieder eine Partnerin suchen.. Anneliese war leider mittlerweile verheiratet. Am Pleschingersee im FKK Bereich lernte ich Brigitta kennen, eine mollige, schwarzhaarige, sehr sexy. Bald schleppte ich sie zu mir nachhause und sie hatte schon beim Schmusen einen Orgasmus. Leider war sie verheiratet und hatte auch mit ihrem Chef ein Gspusi. Trotzdem, sie kam oft zu mir in die „Schnaxelstube", so nannte sie mein chinesisches Schlafzimmer. Natürlich war das nix für die Ewigkeit, also probierte ich es noch mit einer Partnerbörse im Internet, die damals modern wurden.

„Hübsche, erfolgreiche lebenslustige Dame“ stand da und ich antwortete, dass ich auch lebenslustig und erfolgreich sei, ob hübsch musst du selbst herausfinden.
Nun, tatsächlich antwortete sie mir und wir machten uns einen Treffpunkt am Hauptplatz von St.Florian aus. Als ich ankam, sah ich sie schon stehen. Im Dirndl stieg sie aus ihrem nagelneuen VW Golf aus. Ich mit meinem alten Chevy Caprice, zerrissener Jean und T-Shirt. Als ich ausstieg und sie begrüßte, wussten wir beide, dass das nix wird. Sie, voll adrett im Dirndl und ich – man erkannte immer noch den Ex-Hippie. Wir gingen trotzdem hinauf zum Stift. Sie war Arzt-Assistentin, hatte ein Haus in St.Florian, war beim Garten-Verschönerungsverein und beim Trachtenverein und liebte Volksmusik. Als ich erzählte, ich mag Techno und das Meer, da mussten wir schon lachen. So verschieden, wie wir waren. Dennoch hatten wir einen echt netten Abend und tranken im Stiftskeller ein paar Achterl Rotwein. Sie meinte, sie fahre auf keinen Fall mehr, so brachte ich sie zu ihrem schmucken Haus. Ein zarter Kuss zum Abschied und ich fuhr heim nach Linz.

Maria und ich lebten zusammen, das ging wunderbar. Bad putzen war ihre Aufgabe. Doch wenn ich sagte, Bad putzen, sagte sie, geht nicht, ich muß lernen. Folglich sagte ich zu ihr, wenn ich sie zum Lernen bringen wollte „Bad putzen", sofort fing sie an zu lernen, und das Bad putzte ich halt selbst.

Ihr ging es gut in der Schule, sie besuchte die 5. Klasse das Akademischen Gymnasiums in Linz, lernte Latein und Französisch Nebenbei wurde sie immer hübscher. Die ersten Bären tauchten auf. Auch Keith machte Fortschritte im Studium, bestand Prüfungen, er wohnte mittlerweile mit seiner neuen Freundin Silvia und zwei anderen Studenten in einer Wohnung am Naschmarkt. Oft kam er heim zu mir und Renate, und oft besuchte ich ihn in Wien. Ich hatte ja, als ich von Indien zurückgekommen war, ein Jahr in Wien gelebt. In der Wehrgasse, auch am Naschmarkt. Auch musste ich später oft dienstlich nach Wien fahren, da die Hauptlabors der ANALYTIC-LABORS in Wien, nördlich von Hirschstetten neben dem Abfallhaufen waren. Dann ging ich abends meist mit Keith in eine Bar was trinken und wir erzählten uns, wie´s uns so ging und was wir machten.

„Hast du schon eine neue Freundin?" fragte er mich

„Leider nein"

„Ich schon"

Er stellte sie mir auch beim nächsten Treffen vor. Silvia, sie studierte industrial design, war schön und humorvoll, ich freute mich für Keith.

Ich dachte mir, meine ganzen Erlebnisse als Hippie, als Freak, meine Reisen, das gibt ein schönes Buch ab. So fing ich an, zu schreiben. Es begann mit meiner ruhmreichen Vergangenheit als Dealer. Ich hatte ja Haschisch aus der Türkei (Gaziantep) und LSD aus London. Verschiedene Leute verdealten das Dope dann auf der Straße oder sonst wo. Ich fuhr auf dem Landweg nach Indien, durchquerte die Türkei, Persien, Afghanistan und Pakistan. Es war auch eine Zeitreise, In Afghanistan wähnte man sich im Mittelalter. Ich verdealte in Delhi LSD an die Hippies und arbeitete als Geldwechsler. Eine Zeit lebte ich auf einem Hausboot auf dem Dal lake near Srinagar in Kaschmir. All dies und mehr schrieb ich in meinem BucH Nach einem halben Jahr Schreiben auf dem PC hatte ich es fertig. Ich nannte es ATSCHA, das heist in etwa soviel wie OK auf Hindi. Es war (oder ist) tatsächlich ein Zeitdokument. Ich bot es dem Verlag Denkmayer an, ich kannte ja den Verlagsleiter, einen gewissen Mauser Robi, er war auch

Drummer bei einer Jazz Band. Der las es, designte ein Cover und ließ es drucken. Und zwar gleich 2000 Exemplare, Hard Cover, mit Umschlag, dieser Optimist. Ich war sehr glücklich, als es heraussen war. Robi machte ordentlich Werbung. In den OÖ. Nachrichten gab´s eine Rezension und einen Textauszug. Im Österreichischen Rundfunk bekam ich eine Stunde mit Interview und Leseproben. Sogar im Fernsehen durfte ich mein neues Buch vorstellen. In vielen Print-Medien wurde es beworben. So erreichte ich einen gewissen Bekanntheitsgrad. In

den meisten Linzer Buchhandlungen war es in den Auslagen zu sehen. Natürlich veranstalteten wir eine ordentliche Buchpräsentation. Wieder in den Gewölben der Alten Welt. Es wurde ein unvergleichlicher Abend. Die Band von meinem Freund Reini spielte. Das Eingaqngslied „with a little help from my friends“ sang Reini wie Joe Cocker - er hatte die raue Stimme - dazu. Als der Schrei kam, johlten alle mit, es waren sicher über 100 Leute hier, sie standen bis zur Straße.

Herr Denkmayr persönlich hielt die Rede und danach las ich ca. eine halbe Stunde verschiedene Stellen. Dann war wieder die Band an der Reihe. Ich war überglücklich, verkaufte und signierte Bücher und trank ein paar G´spritzte. An die 100 Stück verkaufte ich hier. Auch sonst verkaufte es sich im lokalen Bereich recht gut

Ich wurde zu verschiedenen Lesungen eingeladen, und es meldete sich sogar ein Filmteam aus München, die hatten in den 70iger Jahren einen Film über Kabul gemacht. Dann, 30 Jahre später wollten sie wissen, was aus all den Freaks geworden war und was sich in Kabul verändert hatte. So kamen sie zu mir und interviewten mich, machten mit Kameras und Jupiterlampen, Mikrofongalgen und Monitoren Hollywood aus meinem Wohnzimmer. Auch in meinem Stammcafe Traxlmayer wurde ich gefilmt, und zum Erstaunen meines Chefs und meiner Arbeitskollegen auch im Labor der ANALYTIC-LABORS. Der Film hatte Premiere im Movimento, einem Programmkino in Linz, alle bekannten, noch lebenden Freaks und Dealer waren anwesend. Nachher lief er im WDR und Teile davon zeigten sie im ORF Weltjournal im Juni 2019.

A Dream of Kabul
Ein Traum von Kabul
Das verlorene Paradies nach 25 Jahren

Ich war ja aus der Kirche ausgetreten und nun wollte ich, nach dem Exkurs in die Christliche Wissenschaft wieder eintreten. Ich dachte mir, von den vielen Wegen zu Gott ist hier der evangelische wohl für mich der beste. Ist ja schon erstaunlich, was für spaßige Geschichten sich die Menschheit ausgedacht hat um Gott zu beschreiben, der ja unbeschreiblich ist. Hierzu eine Geschichte aus meinem später erschienenem Buch SPIEGELSTADT:

DIE SELTSAME WANDLUNG DER STADT BARIS

Auf dem Planeten Erde brodelte die Lava, Kontinente entstanden, Erdbeben beutelten den Globus und das Land wurde vom Wasser geschieden. Kometen mit riesigen Feuerschweifen fuhren hernieder und vernichteten mit Getöse erstes aufkeimendes Leben. Doch dieses ließ sich nicht unterkriegen und Urwesen vermehrten sich in der von Blitzen gepeitschten Ursuppe der ersten Meere. Nebel lag über den Wassern. Stürme tobten übers Land, das mit Riesenfarnen bedeckt War. Die ersten Baumriesen, Vorboten späterer Wälder, keimten auf, schlugen ihre Wurzeln ins noch heiße Erdreich. Damals wurde von Leuten, die ihrer Zeit um einiges voraus waren, die Stadt BARIS erbaut. Sie ist somit heute ungefähr zweihundertfünfzig Millionen Jahre alt.
VorZweihundertneunundvierzigmillionenneunhundertfünfundneunzigtausend Jahren erreichte die Stadt Baris ihre Hochblüte. Die Stadt war einzigartig auf der Welt. Alle anderen Lebewesen, Farne, Krabben, Einzeller, Ursaurier und krebsähnliche Urtierchen hatten ja keinen blassen Schimmer, was es schon alles gab in Baris. Man hatte aus Steinen und Felsen gebaute Häuser, oft bis zu drei Stockwerke hoch, die mit Stroh abgedeckt waren, Welches leider immer wieder von den Dinosauriern weggefressen wurde. Sie verfügten über Straßen, Gasthäuser, Kaffeehäuser, Schulen und Theater. Sie nähten sich Kleider, hatten Schuhe aus Leder; Frauen besaßen manchmal sogar zwei bis drei Paar, und sie waren durchaus modebewusst. Die tief dekolletierte Waranhautmode soll sich zum Beispiel einige Jahrhunderte gehalten haben. Dann kam die Fischhautmode. Die Warane atmeten auf. In Baris lebten damals ungefähr fünfhundertausend Bariser. Sie hatten Schulen, ja, die Kinder gingen oder vielmehr krochen in die Schule, denn die Bariser gingen noch nicht aufrecht, sondern krochen auf allen vieren. Der aufrechte Gang der Homíniden setzte sich nämlich erst einige hundert Millionen Jahre später durch Es gab zwar in Barís schon Artisten, die kurze Wegstücke auf den Hinterbeinen gehen konnten, aber sie fielen zu oft um, so setzte

sich der aufrechte Gang damals noch nicht durch. Also krochen sie alle auf den Straßen herum. Es sah witzig aus. Die Damen in Waranhautkostümen mit tiefem Dekolleté wirkten besonders sexy. Wegen der Haltung der Bariser waren natürlich auch die Lokale anders gestaltet. Es standen so Art Näpfe auf dem Boden, aus denen man aß. Es wurde mit der Hand gegessen, in den nobleren Lokalen mit einer Art Löffel. Als noble und eitle Binkel jedoch Messer und Gabel einführen wollten, erlitten sie Schiffbruch. Denn sobald so ein obergescheiter Bariser das Messer in die eine und die Gabel in die andere Hand nahm, platschte er mit dem Gesicht ins Essen. Sie hatten eine schöne Sprache entwickelt und sie konnten stundenlang miteinander reden und lachen. Sie hatten keine Worte für ICH, MEIN, DEIN und NEIN. Es war einfach fein. Sie krochen herum in der Stadt, besahen sich Sehenswürdigkeiten, wie zum Beispiel den großen steinernen Napf. Man fragte seine Partnerin: „Kriechen wir heute ins Theater?" Oder unter Teenagern: „Willst du mit mir kriechen?" Die Bariser waren zufriedene Menschen. Sie waren tief religiös, ohne sich dessen bewusst zu sein, da ihnen nicht klar war, dass sie sterben müssen, oder besser, dass ihr Körper sterben musste, oder noch besser, dass ihre Meinung über ihre Körper sterben musste. Also fühlten sie sich gänzlich geborgen und vollkommen glücklich. Sie waren nicht aus dem Paradies vertrieben. Sie hatten funktionierende Instinkte. Sie fanden immer nach Hause und brauchten kein Navigationssystem wie später in Paris, und auch keinen Heimfinde-Chip wie in Technoland. Die Instinkte ließen sie Häuser bauen wie die Vögel Nester und den richtigen Partner finden. Das Partnerfinden machte ihnen sicher genauso viel Spaß wie uns, und es gab große Partys, die den unseren sehr ähnlich waren, nur dass die Bariser schon vom Beginn der Party an auf allen vieren herumkrochen. Wenn sie tanzen wollten, sah es lustig aus, meist wälzten sie sich dann am Boden herum und letztendlich gab es eine Massenschnaxelei. Berauschende Mittel brauchten sie nicht, da sie keine Vorstellung davon hatten, dass es ihnen noch besser gehen könnte. Sie kannten keine Krankheiten. Sie hatten keinen Besitz, um den es sich zu streiten lohnte, also stritten sie nie. Sie hatten kein Ich-Bewusstsein, welches sterben musste. Ja, sie waren tatsächlich unsterblich. So ging es viele Jahrmillionen fröhlich dahin. Andernorts auf der Welt entwickelten sich auch Menschen, die Bariser begannen sich zu erheben und innerhalb einiger tausend Jahre lernten sie aufrecht zu gehen. Da sie in dieser Zeit sehr oft umfielen, bekamen sie Wunden und lernten Krankheiten kennen. Sie bekamen ein Ich-Bewusstsein. Oder besser, sie verfielen in eben jenen ICH-TRAUM aus dem die Menschheit bis heute noch nicht erwacht ist. Sie meinten, zwischen MEIN und DEIN und zwischen GUT und BÖSE unterscheiden zu müssen. Die Instinkte schwanden und der Intellekt wuchs. Sie begannen RELIGIONEN zu entwickeln und verwendeten Rauschmittel und sahen dennoch das Licht der Glückseligkeit am Horizont verblassen.

Sie nannten das Gute Gott und das Böse Satan, das Gute Nirwana und das Böse den materiellen Traum. Sie verwendeten alle möglichen und unmöglichen Symbole und Methoden, um die göttliche Wahrheit zu behalten. Sie führten einen Vertrag mit dem Guten in einer Kiste mit sich Sie verboten sich selbst, einen Apfel zu essen und taten es dann dennoch und sie begannen sich zu fürchten. Sie opferten Gott dem Guten alles und noch viel mehr, um schließlich doch im materiellen Traum zu bleiben. Sie verwandelten den weichen Namen ihrer Stadt

Baris in Paris, sie sprachen es hart aus und die Betonung lag auf dem

„i". Sie erfanden zuerst das Eisen und dann den noch härteren Stahl und bauten hohe Türme, die zwar keinen Sinn hatten, auf die sie aber dennoch mächtig stolz waren. Paris ist eine wunderschöne, riesige Stadt geworden.

Ich hatte ein Gespräch mit dem Pfarrer Thomas. Ich kannte ihn flüchtig, er war der Religionslehrer von Keith. Ich halte den evangelischen Weg für richtig. Jesus Christus ist der Guru, der vor 2000 Jahren sagte: „Gott ist Liebe, liebe deine Feinde, und tu niemandem, was du nicht willst. Das man dir tut. Das ist so das Wichtigste und die Gemeinschaft – gemeinsames Meditieren, Beten. Das Andere ist Zierrat. Auch die Gleichstellung von Mann und Frau ist wichtig, und dass Priester heiraten dürfen und nicht in scheinheiligen Partnerschaften mit ihren Köchinnen leben müssen. Zwei Pfarrer unterhalten sich:
„Glaubst du, dass wir das Ende des Zölibates noch erleben werden?"
„Wir wohl nicht, aber unsere Kinder!"
Also wurde ich wieder ein evangelischer Christ und ging auch in die Kirche. Neben den erbaulichen Predigten von Thomas erblickte ich auch

AIMY

die Dame, zu der ich Keith zum Krippenspiel in die Kirche brachte. Später auch Maria. Sie saß vorne, und als sie mal zurückblickte, sah sie mich. Sie lächelte und ich merkte, dass sie sich freute. Nach dem Gottesdienst gingen wir auf einen Cafe und wir plauderten angeregt. Nun trafen wir uns öfter. Sie war sehr hübsch und sportlich, sehr intelligent und sie war Religionslehrerin. Leider verschwand sie dann für einen Monat. Sie unternahm eine Reise in den Jemen. Sie hatte auch ein Faible für arabische Länder. Als sie zurückgekommen war, trafen wir uns wieder, sie hatte mir Weihrauch und Myrre mitgebracht, und obwohl ich fragte, wo denn das Gold sei, war sie mir nicht böse. Sie zeigte mir traumhafte Fotos. Mit dem ersten zarten Kuss begann unsere Freundschaft. Wir trafen uns immer öfter, sie kam zu mir in die Wohnung, und wir hatten eine wunderschöne Zeit. Heute sind wir 21 Jahre zusammen, und sechs Jahre verheiratet, doch dazu später.

Zusammen mit meinen Freunden Leo und Knut hatten wir uns einen alten Bauernhof zum Feste feiern oder einfach zum Relaxen gemietet. Er befand sich in der Nähe von Haslach, unweit des Flusses Haslach. Er lag allein und war sehr romantisch. Unsere Hütte hatten wir ja nach einigen Jahren aufgeben müssen, wir haben sie Leo, einem Maler und Freund geschenkt, zum Abreißen. Aber da die Kinder zu Teenagern heranwuchsen, wollten sie eh nimmer im Wald spielen, sondern vielmehr in die Disco gehen und nach Mädchen sehen.

Dort wollte ich meinen 50. Geburtstag feiern, und ich freute mich riesig, dass ich eine so liebe Partnerin hatte, die gerne mitfeierte. Leo, Knut und ich organisierten alles, inklusive einem Schafgrill, und es wurde wieder mal ein sehr gelungenes Fest. ArbeitskollegInnen der ANALYTIC-LABORS, alte Hippie Freunde und Freundinnen, Knuts Bekannte Leo und ich hatten ja dieselben Freunde. Leo war 49 und Knut 40. Er war Maler und Restaurateur. Die Künstler, Hippies und Chemiker verstanden sich nach ein paar Achteln ausgesprochen gut. Knuts Frau Doris, eine große langhaarige Blondine, auch Malerin und Gabi, Leos Freundin amüsierten sich prächtig. Lagerfeuer, Bier und Wein, einige Joints und es ging dahin. Und Aimy gefiel es auch gut, sie vertrug sich bestens mit meinen Freunden, die kamen und gratulierten mir. „So eine Hübsche hast du ja gar nicht verdient" und weiter derartige Meldungen. Ja, 50 hin oder her, am Montag Früh gings wieder in die Arbeit. Ich war mittlerweile Referatsleiter, und organisierte gerade eine Enquete. Hierbei werden eine oder mehrere Proben an verschiedene Analytiklaboratorien versendet. Alle müssen analysieren, und sollten dann möglichst denselben Wert herausbekommen. Also fuhr ich zu einem Bauern, um Kompostproben zu holen. 12 Labors hatten sich gemeldet, sogar eines

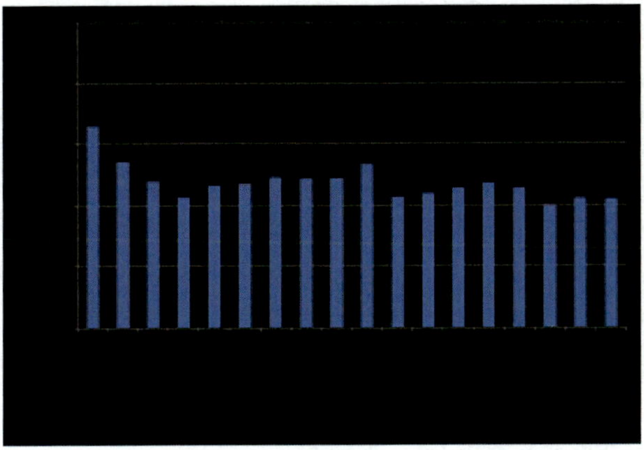

aus der Schweiz. Die ordentlich durchmischte, elend stinkende Probe wurde in 13 Teile geteilt und jeweils an die Labors versendet. Es wurde eine Zeitspanne von drei Monaten vereinbart. Nach zwei Monaten trudelten die ersten Ergebnisse ein. Es wurde untersucht auf Eisen, Kupfer, Zink, Mangan, Blei und Cadmium. Die Werte passten leidlich gut zusammen. Petra und ich hatten ja auch schon analysiert und mir oblag nun die statistische Auswertung. Ich erledigte die ganze Statistik mit EXCEL, obwohl es ja einige Spezialprogramme wie SPSS oder PRISM speziell für Laborstatistik.

Nebenan Petra bei der Arbeit.

Als alle da waren, machte ich die Statistik fertig, wir lagen gut in der Mitte, die meisten auch, beim Cadmium gabs ein paar Ausreißer. Der Chef, Herr Dr. Eichelbaumer war mit uns sehr zufrieden. Es gab in der Pause ein Gläschen Sekt und die Arbeit ging weiter. Neben der chemischen Arbeit hatte ich auch die Öffentlichkeitsarbeit über. So hatte ich das gesamte Layout für das Buch OÖ Bodenzustandsinventur gemacht.

Dr. Eichelbaumer, Petra, Zartfein, Gerhard und ich wurden im Steinernen Saal vom Bürgermeister geehrt. Das war aber etwas Neues für den alten Hippie. Ich gestaltete Flyer und Plakate, gab für meine Mitarbeiter Kurse in Word und Excel. Dann bekam ich den Auftrag, ein Video zu produzieren „100 Jahre ANALYTIC-LABORS“. Welches dann anlässlich einer großen Feier präsentiert werden sollte. Ich hatte ein Jahr Zeit und bekam 100.000 Schilling. Ich begann im Frühling, beim Pflügen, Aussähen der Versuchsfelder etc. Im Herbst folgten die Probenahme bei Obst und Pflanzen, schließlich die analytische Arbeit. Es gab einen Stall mit aussterbenden Nutztieren. Ich filmte zwei Böcke, die aufeinander losgingen, die Genbank nicht zu vergessen. Alle Institutsleiter wurden interviewt und der Arbeitsablauf dokumentiert. Ich hatte mir einige Gags ausgedacht. Ich ließ einen Traktor, über die Kamera fahren, ich fügte bewegte Statistiken ein, und im Zeitraffer wachsende Pflanzen. Dr. Eichelbaumer, der die einleitenden Worte sprach, ließ ich auf einem alten Lanz Bulldog Platz nehmen. Den organisierte ich von einem Traktormuseum in Stainz. Um ihn an zu starten musste man das Lenkrad abnehmen und in die Schwungscheibe stecken und den Einzylinder anwerfen. Das war gar nicht einfach, aber Eichelbaumer ließ es sich nicht nehmen, es selbst zu machen. Also schwitzte er dann beim Sprechen auf dem Traktor ziemlich Außerdem wurde er ziemlich durchgerüttelt von dem rauen Einzylinder mit 6,2 Liter Hubraum.

Doch Eichelbaumer hielt, obwohl es ihn ordentlich schüttelte, eine formidable Rede über die Anfänge vor 100 Jahren.
Ich kaufte mir ein gutes Schneideprogramm, MAGIX Video pro, gerade neu herausgekommen, und meine Kamera war schon eine der ersten Digicams mit Kassette. Ich hatte ja zu Hause schon einen PC, allein zum Romanschreiben. Der wurde jetzt etwas aufgemotzt, um für den Filmschnitt geeignet zu sein. Sieben Stunden Material wurden eingespielt, damals eine Prozedur in Echtzeit. Dann kamen die

Schneidearbeit und zuletzt die Vertonung. Ich wählte Musik aus der Chill out Szene, die sehr gut passte. Und Aimy, in ihrer grenzenlosen Güte, machte die Off-Sprecherin. Anlässlich einer großen Agrartagung meinte Eichelbaumer, man solle den Film zeigen. Nun, am Nachmittag vor der Vorführung testete ich alles. Es war ein großer Vortragssaal mit einem Beamer hinten in einem Kammerl. Ging super, nur die Spur mit der Sprecherin hatte das Schnittprogramm nicht übernommen. Panik. So rief ich Aimy an, bitte hilf mir, sie kam, und bei der Vorführung sprach sie den Text im Kammerl mit Micro live dazu. Keiner hat´s bemerkt und wir bekamen viel Applaus. Natürlich richtete ich das dann zu Hause, und bei der großen 100 Jahre Feier mit Landwirtschaftsminister, Landeshauptmann und Bürgermeister und sicher über 200 Gästen lief dann aber alles bestens. An den Vortagen kam Eichelbaumer jeden Tag zu mir und fragte, ob mit dem Film eh alles OK sei. Ich meinte immer, ja sicher. Doch nach ein paar Mal war's mir zu blöd, und ich sagte, was alles passieren könnte: Die Lampe des Beamers könnte platzen, ein Stromausfall, der VHS Recorder könnte das Band fressen . . . hören Sie auf, hören sie auf, sagte Eichelbaumer und fragte nie wieder. Aber wie gesagt, es lief alles Bestens, viel Applaus und lobende Worte. Nun, das war der Start meiner filmischen Karriere. Der Spiegelscherbenfilm wurde nämlich sogar im Ursulinenhof gezeigt, einem kulturellen Zentrum in Linz, wie schon erwähnt mit der Musik von Pedro.

Mit Aimy ging es mir sehr gut, die Liebe wuchs, und wir machten unseren ersten gemeinsamen Urlaub in Italien. Natürlich fuhren wir mit meinem alten Chevy Caprice, Maria und ihre Freundin fuhren auch mit. Wir stopften das Riesenzelt, Kocher, Teppiche und vieles mehr in den Chevy, ich sagte, ihr könnt mitnehmen was ihr wollt, im Chevy ist Platz genug. Doch dann wurde es doch eng. Beim Heimfahren packten wir die Koffer aufs Dach Wir gewöhnten uns aneinander, Maria war zuerst etwas misstrauisch, doch dann freundete sie sich mit Aimy an, und wir hatten einen wunderschönen Urlaub. Strand, Sonne, Meer, wir waren in Punta Sabbioni, von dort aus konnte man mit dem Schiff direkt auf den Markusplatz in Venedig fahren, was wir auch öfter machten.

Aimy war ja Religionslehrerin und so sprachen wir öfters über den Glauben. Uns beiden war wichtig, dass wir nicht mehr erzählten, was wir nicht wissen können. Wie sieht Gott aus? Was ist nach dem Tod? Keine Ahnung, so ehrlich waren wir, und ich finde es interessant, was sich die Menschen in der Hinsicht so alles zusammendenken. Walhalla – 50 Jungfrauen und Bier aus Totenschädeln trinken, naja. Bei Zeus oder Jupiter im Jenseits landen, den großen Fluss mit dem Fährmann Charon überqueren, na gut.

Nach dem Tod folgt für die Muslime im Grab ein Verhör durch die Engel Munkar und Nakīr. Erst mit dem Jüngsten Gericht erfolgt die Zuweisung in das Paradies DschAimy bzw. die Hölle DschahAimym. Freuden und Qualen werden im Koran mehrfach beschrieben, eine detaillierte Schilderung findet sich in Sure 56.Die Erlösten sitzen zum Beispiel „auf kostbaren Teppichen“, erhalten leckere Speisen, werden von „schönen unberührten Wesen“ bedient und bekommen „jeden Wunsch erfüllt“. Sie essen von goldenen Tellern, trinken „Wein, der nicht zu Kopfe steigt“, müssen „keine Lüge hören“ und nichts Verbotenes wird im Paradies sein. Klare Wasserbäche fließen durch das Paradies, in dem sich üppige Gärten befinden. Die Verdammten dagegen erleiden schreckliche Qualen. Die Hölle „bäumt sich auf vor Wut“ über die „Ungläubigen“. Die Verworfenen werden „von Skorpionen gestochen, deren Stich noch vierzig Jahre lang spürbar ist“. Als Nahrung erhalten sie bittere Kräuter und „Disteln, die den Hunger nicht stillen“ und „ihr Getränk ist trübes Wasser“. Es ertönt ein ohrenbetäubendes Geschrei „wie das eines Kamels aus Baktrien“. Die besonders schmerzempfindliche Stelle zwischen dem Ohrläppchen und der Schulter wird „groß wie ein Berg“, damit sie den Qualen mehr Angriffsfläche bietet. (Wi*kipedia*

Na, wie´s bei uns im Christentum ist, wissen wir. Nur die wenigsten glauben noch an die Hölle. Wir glauben fest an einen guten Gott der uns liebt und dem wir dankbar sind. Aber sonstige Voraussagen finden wir unseriös. Auch erkenne ich, dass wir von Gott immer mehr Verantwortung übertragen bekommen. Dazu eine kurze Geschichte von mir:

VERANTWORTUNGSUEBERGABE

In Linz, einer mittelgroßen Industriestadt im Zentrum Europas lebte ein Mann namens Grünwald. Er war klein und dürr, hatte tief eingegrabene Falten und Gesichtszüge, natürlich schmale Lippen und einen stechenden Blick. Das wenige Haar, das ihm verblieb, war grau und streng zurückgekämmt. Er trug einen kleinen Schnauzbart und immer einen tadellosen Anzug. Er bewegte sich schnell, meist etwas vorgebeugt, als wolle er sein Ziel möglichst schnell erreichen, oder er hat es in Gedanken schon erreicht. Er war Abteilungsleiter der Versicherungsanstalt für Nebenerwerbslandwirte. Die dort beschäftigten Beamten kamen sich sehr wichtig vor, obwohl nach äußerst langwierigen und undurchschaubar schwierigen Berechnungen den Nebenerwerbslandwirten, nachdem sie ihren Hof übergeben hatten, maximal 20 € ausbezahlt wurden. Wobei jedes einzelne Ei, welches im Übergabevertrag der Jungbauer dem Alten zu geben hatte, ins Kalkül gezogen wurde. Die dort Beschäftigten waren sehr genau und gingen streng nach dem STVAG, einem Nebenzweig des ASVG vor. Doch am strengsten und genauesten war Herr Grünwald, den alle nur „GW“ nannten. Bekam man von ihm einen Befehl und sagte „ist recht“ meinte er barsch: „was ich ihnen befehle, hat ihnen recht zu sein, ersparen sie sich den Kommentar“. Genauso hatte man vor ihm versagt, wenn man sagte: „ist gut“, weil er dann meinte, es stünde dem Untergebenen kein Urteil zu, was gut oder schlecht ist. Folglich schlich man sich wortlos aus seinem Büro und dachte: „Arsch“.

Nun, diese Genauigkeit des Herren GW setzte sich in seinem Privatleben fort. Er liebte es zum Beispiel in seiner Freizeit ins öffentliche Bad zu gehen, dem Parkbad. Dort ließ er sich zwei Stunden lang von der Sonne bräunen und schwamm sodann 25 Minuten. Um genau 17^{30} verließ er das Parkbad, er blickte daher oft auf seine teure Uhr, und ging Abendessen. Dies tat er, auf die Minute genau, jeden schönen Sommertag im Wienerwald, einem bürgerlichen Esslokal. Dort hatte er natürlich seinen Stammtisch, an dem er jeden Abend Platz nahm. Es war dann meist 17^{55} und er bekam sogleich den Salat als Vorspeise serviert. GW kontrollierte natürlich die Zeit, wenn der Salat eintraf. Die Spatzen kamen auch an seinen Tisch. Und zwar immer genau eine bis eineinhalb Minuten vor ihm, und warteten auf Krümel und Salatstückchen. Gäste, die mit dem Ritual nicht vertraut waren, wunderten sich, warum sich um 17^{54} mehrere Spatzen auf dem leeren Tisch niederließen. Doch nach einer bis eineinhalb Minuten kam Herr GW und kurz danach GWs Salat, und so konnte das Schmausen beginnen.

Die Spatzen hatten keine teure Uhr, und auch keine billige.

Unser Forschertrieb zwang uns dazu, eine Uhr zu erfinden, zu bauen und darauf zu blicken. Erst ab diesem Zeitpunkt entwickelte sich unser instinktives Zeitempfinden zurück. Wir hatten die Verantwortung für unser Zeitempfinden übertragen bekommen. Wir brauchten die Uhr. Nichts geht ohne. Termine könnten nicht gehalten werden, Der Bus oder der Zug würde verpasst oder zu einer falschen Zeit (gibt es eine falsche Zeit?) fahren. Dabei schafft es ein Spatzenhirn, auf die Minute pünktlich zu sein. Der Sinn bleibt uns verborgen außer dass uns Verantwortung übertragen wurde. Dieses Übertragen von Verantwortung passiert, seit es uns Menschen gibt. Hier, in dieser Geschichte ists nicht von Bedeutung, wer uns die Verantwortung überträgt, doch soll gezeigt werden, dass sie uns im Laufe der Jahrhunderte immer mehr übertragen wird. Und zwar in unser Wachbewusstsein. In immer mehr Bereichen müssen wir entscheiden, und so mehr und mehr unser Leben bestimmen. Die Pflanzen und niederen Tiere müssen keine Entscheidungen treffen. Es ist ihnen keine Verantwortung auferlegt. Die Qualle z.B. quallt mehr oder weniger ziellos umher und frisst, was ihr gerade vor die Fressöffnung kommt. Dafür kann sie sich auch über ein Planktonteilchen nicht so freuen wie wir über ein Schnitzel. Die Qualle oder ähnlich einfache

Tiere sind auch nicht zu einer bestimmten Zeit irgendwo. Trotzdem verhungern sie nicht.
So gibt es schlauere und weniger schlaue Tiere, doch Verantwortung haben sie keine zu tragen. Wenn es kalt ist wächst ihnen ein dickeres Fell. Sie brauchen nicht daran zu denken. Oder vielleicht denken sie ja: huch, es ist kalt. Fell: wachse! Nun ich denke aber, das Fell wächst einfach, wenn's kalt ist. Ansonsten gäbe es überall erfrorene Tiere mit Sommerfell, die vergessen haben zu denken: Fell, wachse! Wieso weiß man nicht. Obwohl die Forscher natürlich Kälterezeptoren in den Zellen entdecken konnten, die wiederum die Wachstumshormone aktivierten, sodass die Haare sprossen. Die Kälterezeptoren haben wir auch noch, jedoch das einzige was sie anzuregen vermögen ist eine Ganslhaut, die nur wenig gegen die Kälte ausrichtet. Und niemandem ist ein Fell gewachsen, wenn er dachte: Fell, wachse! Oder hat noch niemand gedacht: Fell, wachse! Ich getraue es mir leider nicht zu denken, denn sollte es funktionieren?!! Daher haben wir Menschen seit der Steinzeit die Verantwortung übertragen bekommen, dass wir uns ordentlich anziehen, wenn's kalt ist. Warum wohl? Das mit dem Fell war doch sehr sinnig. Eben weil es so sein soll, dass wir Verantwortung übernehmen.
Das nächste war das Fressen. Einfache Tiere fressen, was ihnen in die Fressöffnung kommt. Komplexere schnappten bereits um sich, um den besten Happen zu erlangen. Und die kompliziertesten haben die verschiedensten, gefinkelten und hinterhältigsten Jagdmethoden entwickelt, allein oder im Rudel. Sie rennen und lauern, tarnen und täuschen, stellen Fallen, jagen auf der Erde, unter Wasser und in der Luft. Jedoch haben sie keinerlei Verantwortung für ihr Tun. Sie rennen einfach los. Selbst wenn sie satt sind, fangen sie noch Beute. (Gut das tun wir auch) aber die Tiere überlegen nicht. Und, sie entwickeln sich nicht weiter. Ein Frosch ist seit Milliarden Jahren ein Frosch und wird nie ein Mensch werden, außer im Märchen. Bär bleibt Bär und Aff bleibt Aff. Wohl haben sich alle aus Einzellern entwickelt und verschiedene Stadien durchlebt und sie haben sich angepasst. Jedoch sind sie alle

auf dem vorgesehenen Stadium angelangt. Es gibt Milliarden Jahre lang Echsen, sie haben sich bis zum Echsenstadium entwickelt, aber sie bleiben Echsen. Sie haben sich in den ganzen Jahrtausenden nicht im Geringsten weiterentwickelt. Affen benutzen seit vielen Millionen Jahren Keulen und Äste als Werkzeug, haben sich aber nie bis zur Wasserstoffbombe vorgearbeitet. Weil sie eben Affen sind und Affen bleiben. Nur wir Menschen wurden immer weiterentwickelt, bis uns auch das Weiterentwickeln in die eigene Hand gelegt werden wird. Soviel zur Evolutionstheorie.

Das nächste, was die Menschen zu verantworten hatten, was ihnen ins Wachbewusstsein übergeben wurde, war die Fortpflanzung. Ein echt kluger Steinzeitmensch erkannte den Zusammenhang zwischen Schnaxeln und Kinderkriegen. Ein echtes AHA-Erlebnis seinerzeit. Zwar war noch lange Zeit der Instinkt stärker und das Vögeln wurde gar nicht eingebremst. Da sich der Instinkt nicht beherrschen lässt, wurden Verhütungsmittel erfunden und erst jetzt langsam beginnt die Menschheit, etwas gegen das Bevölkerungswachstum zu tun. Jetzt natürlich, die GEN Forschung, die Manipulation der Gene GRISPR, und das Einpflanzen von Chips. So obliegt uns sogar die Verantwortung unserer Weiterentwicklung, das Schützen und nicht das in die Luft sprengen unserer schönen Welt.

Ökumenischer Gottesdienst in der Martin Luther Kirche in Linz. Sehr wichtig ist, dass sich die verschiedenen Religionen ihres gemeinsamen Zieles bewusstwerden.

Durch Aimy lernte ich verschiedene Leute in der Kirche kennen. Pfarrer, Küster, Presbyter (von denen wusste ich zuvor gar nicht, dass es sie gibt.) und ich besuchte regelmäßig den Sonntagsgottesdienst. Es gab viele ehrenamtliche Mitarbeiter, zum Beispiel um Krankenbesuche zu machen, oder Lektoren, in der Alten- und Jugendbetreuung. Was konnte ich tun? Ich kann eine Homepage programmieren, und die evangelische sah nicht besonders gut aus, und, es war Mai, da war der letzte Gottesdienst vom Februar zu sehen. Daher bot ich mich an, eine neue Homepage zu programmieren und sie dann auch zu pflegen. Die waren hocherfreut, und nun darf ich nicht ohne Stolz sagen, dass die Pfarre nun eine schöne, übersichtliche aktuelle homepage hat: www.linzevang.com man kann sogar die Kirchenglocken läuten hören.

Maria, tüchtig wie immer, hatte auch die Matura geschafft und besuchte nun die Kunsthochschule in Linz „Visuelles Gestalten“ Sie interessierte sich sehr für Fotografie, dort lernte sie darüber zu wenig. Also brachte ich ihr die Grundbegriffe bei. Dann besuchte sie noch die Prager Fotoschule, und ihre Bilder wurden immer besser. Auch hatte sie einen Freund, Bernd, mit dem sie zusammenziehen wollte. Keith war schon fast mit dem Studium fertig, auch ihm ging´s gut, er verdiente sich löblicherweise schon sein Geld selbst mit Plänezeichnen im Archicad. Auch machte er am Computer Techno- Musik, sehr innovativ. Hörte sich schrill an. Ich spielte dies immer, wenn ich nach einer Party die Leute loshaben wollte, und es funktionierte. Nach dem Studium eröffnete er mit drei Kollegen ein Büro für Gestaltung und Musik Mit seiner Silvia bezog er eine neue Wohnung in der Josefstätterstraße. Brauch ich nur noch auf die Enkerl warten, dachte ich mir.
Und Aimy? Ja, sie wohnte im Pfarrhaus, hatte eine kleine Wohnung ohne Balkon und die Wohnung neben ihr war auch klein, hatte aber eine riesige Veranda. Manchmal sahen wir bei ihrem Fenster hinaus und sagten, das wäre was für mich Weil Maria eh zu ihrem Bernd ziehen wollte, und für mich allein war die Wohnung zu groß und zu teuer. Und tatsächlich, ohne mein Zutun, sagte der Nachbar, dass er zu seiner Freundin nach St. Pölten ziehe. Juhu!!! ich jubelte und lief gleich ins evangelische Büro um zu fragen, ob ich die Wohnung mieten könne. Dort hatten sie gar nichts dagegen, sie kannten mich ja schon als Aimys Freund und als web Master. Aimy freute sich auch sehr, wir wollten ja sowieso zusammenziehen. Weil, oft war es so, dass sie bei mir war, dann begleitete ich sie heim, und dann begleitete sie mich wieder heim, weil wir uns schon so gerne hatten. Nun, Maria zog zu Bernd und ich zog ins Pfarrhaus ein. Hätte ich mir auch nie gedacht. Meine Wohnung bestand aus zwei kleinen Zimmern, Küche, Bad und der Riesenveranda. Wunderschön. Die Veranda schaute in einen kleinen Park mit Wiesen und Bäumen. Ich fühlte mich wie auf Urlaub.

Das Bild entstand etwas später, als Aimy den Balkon wunderschön mit Blumen ausgestattet hatte. Ich riss mithilfe einiger Freunde die Mauer zwischen den 2 Zimmern nieder, wobei ich fast eine Gasleitung durchtrennt hätte. Es wäre wahrlich kein schöner Anfang, wenn man wo einzieht und man sprengt gleich das Dach in die Luft. Aber gottlob hatte ich es rechtzeitig bemerkt. Denn ich machte mit der Flex einen Schnitt in die Mauer, auf einmal ging´s so schwer, und Funken stoben aus der Wand. Folglich hörte ich auf, eine meiner weisesten Entscheidungen. Die Wohnung war schnell eingerichtet, Teppiche, ein paar Pölster, eine gute Stereoanlage und ein Beamer, mehr brauchte es nicht.

Aimy, wie man sieht, freute sich Ich bekam von der Pfarrgemeinde den Auftrag, einen Film über die evangelische Pfarrgemeinde zu drehen. Alle Aktivitäten innerhalb eines Jahres. Und eine Studentin der Filmakademie unterstützte mich dabei. Wir wechselten uns mit dem Filmen ab, außer wir brauchten zwei Kameras. Ich filmte eine Taufe und eine Hochzeit, Meine Kollegin eine Konfirmation, und die Vorbereitungen dazu, die sogenannten Konfi-Wochenenden. Gemeinsam filmten wir mehrere Gottesdienste, Oster und Weihnachtsfeierlichkeiten. Natürlich auch Krankenhausbesuche, Kinderkreise, Krabbelstube, Erwachsenenbetreuung und auch ein Begräbnis. Wir fuhren mit zu Italienfreizeiten, zu Hochzeiten an allen möglichen und unmöglichen Orten, Konfirmationen und Goldene Konfirmationen, wir waren bei Gemeindevertretersitzungen und Presbyter Sitzungen, und bei der Wahl des Kurators. Natürlich wurden Pfarrer und Pfarrerinnen interviewt und Lektoren und ehrenamtliche Helfer. Die erste Frage, die wir stellten war: „Wann haben Sie Gott zuletzt gesehen? Die Frage regte zum Nachdenken an und die Antworten waren vielfältig und interessant.

„Ich sah ihn zuletzt beim Predigtschreiben“
„Bei der Geburt meiner Tochter“
„Beim Sonnenuntergang am Meer“
„Ich sah ihn zuletzt, als er mit dem Laub eines Baumes im Wind spielte“

Nun, dies alles und mehr ist auf dem Film zu sehen, und es gab natürlich eine Premiere in der Kirche, wo natürlich auch der Superintendent, die meisten Pfarrer und Pfarrerinnen, Gemeindevertreter und dazu die Presbyter anwesend waren. Diesmal gab es keine Pannen, und das Publikum war begeistert. Leider gibt es den Film nur auf VHS, dem damaligen Standard.

Nun, dies nahm ich zum Anlass, eine eigene ein Mann Firma zu gründen, um Videos zu machen und Homepage zu programmieren. Dies tat ich in meiner Freizeit, anstatt Haschisch zu rauchen und Bier zu saufen. Und es machte mir Spaß. Natürlich programmierte ich mir auch eine eigene Homepage: www.earfilm.com. Auf dieser konnte man sich dann Unsere Scherbenbilder, den Scherbenfilm und mein Buch ATSCHA ansehen. Auch mit den Scherbenbildern machte ich weiter, und hatte einige Erfolge. Eine erste Ausstellung in der Clubgalerie im Ursulinenhof Linz und eine Verkaufsausstellung in der ARKADE Linz.

So wurde ich alsbald in der Presse als „Bunter Kunsthund“ tituliert. In unserer neuen Wohnung konnte ich die Bilder im Vorhaus aufhängen, bei uns im vierten Stock wohnte ja sonst niemand. Einige der Bilder konnte ich verkaufen, doch darum ging es mir nicht in erster Linie. Natürlich ist für einen Maler oder Objektkünstler der Verkauf das beste Lob, weil sagen „schön“ kann schnell wer, kost ja nix. Auch begann ich mich mit Computergrafiken zu beschäftigen. Und das kam so: mein damaliger Drucker, anstatt zu drucken druckte er interessante Zeilenmuster aus, in verschiedenen Farben. Nun das animierte mich -

doch dazu später. Auch nach Istanbul wollte ich wieder einmal fahren, und Aimy meine dortigen Freunde vorstellen. Wir flogen natürlich, war schon billiger als mit dem Auto und mieteten uns in einem schönen Hotel in Sultan Achmed ein. Ich zeigte Aimy die Stadt und wir hatten eine schöne Zeit. Wir besahen uns den Top Kapi Palast, wo der Dolch gezeigt wurde, den Peter Ustinof in dem fantastischen Film „Top Kapi“ rauben wollte. Natürlich schlenderten wir durch den Bazar, und wir trafen Türkesch und Samir. Und natürlich Artür mit Frau, unserem Freund von der Nachbarinsel „Kinali“ Die Steingeschichte war vergessen, wir wollten ja keine Geschäfte machen, sondern genießen. Natürlich fuhren wir auch mit dem Schiff auf die Insel

Burgaz Ada, um unseren Freund Erdoan zu besuchen. Leider lag er im Krankenhaus. Wir trafen Ismet und Hamdi, der war wie sein Vater Pferdekutscher geworden und verlangte einen Mordspreis, als er uns nach Kalpazan Kaya führte. Ich hinterließ Erdogan einen Brief, den las er, als er aus dem Krankenhaus kam und sagte „Ernsti hat mich nicht vergessen". Leider kam er gleich wieder ins Spital, man rief mich an, doch als ich hinkam war er schon verstorben. Zu Tode gesoffen. Schade, er war ein guter Freund, er war ja sogar mal einen Monat bei mir in Linz.

Artyr freute sich umso mehr, zumal er noch unter den Lebenden weilte. Wir gingen zusammen Essen, und er unterhielt sich prächtig mit Aimy. Später lud der uns auf sein Schiff ein, und wir waren einen Tag lang auf dem Meer, Sonnen, genießen, nach Muscheln tauchen, die Artyr dann panierte und herausbriet, alles auf dem Schiff.

Wir verbrachten einige Tage gemeinsam, dann fuhren wir über Eyp, dem Zigeunerviertel hinauf ans Schwarze Meer (Kara deniz). Ein schundiges Hotel, aber der Ausblick aufs Meer war wunderschön. Das Zimmer war schmutzig und Aimy erklärte dem Personal, was es alles putzen müsse. Na, die taten das brav, dann war's schon besser. Als wir dann am Nachmittag unten am Pool lagen, sahen wir einen Putzmann auf unserer Veranda, der das ganze Gestänge säuberlich putzte. Das hat er sicher noch nie getan, und tut´s auf anderen Veranden auch nicht. Na, dem hatte Aimy einen bleibenden Eindruck hinterlassen. Nun, wir genossen noch zwei Wochen am Meer, dann zurück nach Istanbul. Dort kauften wir noch ein bisschen was ein, z.B. einen türkischen Ofen, Lampen (Ampeln) für unser großes Wohnzimmer. Auch einige Gewänder kauften wir, wie in alten Zeiten, für eine Boutique in Linz. Vorführen durfte das Gewand unsere Freundin Kunigunde als wir wieder zu Hause waren:

Natürlich wurde auch beim Umziehen draufgeschossen. Aber das war das letzte Mal, dass wir so was machten. Ich verdiente genug in meiner Arbeit als Instrumenteller Analytiker und Layouter. Ja, und ich wollte mich auch mehr der Kunst widmen. Das erste Buch ATSCHA hatte sich ja recht gut verkauft, es war ja auch ein Zeitdokument der Hippie-Zeit. Ist es heute noch. Und die Scherbenbilder mit meiner Tochter. Die Videos. Und ich begann, Komputergrafiken zu machen, Fotos wurden verfälscht oder gänzlich am Computer gestaltet, aus den Filmen wurden

Bilder gegrabbt und farblich verändert und der Dinge mehr. Machte Spass.

Auch mein Freundeskreis hatte sich mittlerweile drastisch verändert. Anstatt der Koks-Dealer waren nun Pfarrer, Ärzte und sonstige anständige Menschen meine Freunde. Bis auf die paar alte Hippies, die auch seriös geworden sind, wie zum Beispiel Alois, der Requisiteur, und Irene, die Kosmetikerin, mit denen treffe ich mich regelmäßig, auch einen Italien- und einen Griechenland Urlaub hatten wir gemeinsam gemacht. Auch Knut, den Maler treffe ich öfters. Ja, klar, Partys mache ich nach wie vor gerne, fast jedes Jahr eine Krampusparty, bei welcher mir Alois mit einer Nebelmaschine aushalf. Am Abend dann war alles eingenebelt, manche glaubten, es brennt, aber wir konnten sie beruhigen. Als sich der Nebel lichtete, trat die Tänzerin zu orientalischer Musik auf.
Es war ein schönes Fest mit vielen neuen Freunden. Ein gutes Buffeet gabs auch Ansonsten trifft sich der Freundeskreis im Cafe Traxlmayer, immer am Freitag Abend.

Mit 58 Jahren verabschiedete ich mich von den ANALYTIC-LABORS und ging in Pension. Es gab, wie konnte es anders sein, eine schöne Abschieds-Party mit meinen beiden Kolleginnen Zartfein, Petra, Dr. Eichelbaumer und vielen mehr. Nun hatte ich Zeit für andere Aktivitäten. Bis zu meinem 61. Lebensjahr arbeitete ich noch zwei Tage in der Woche beim AEC (Ars Electronica Center Linz) als Moderator in einem 3D Projektionsraum.

Das AEC ist ein Museum der Zukunft, es werden Roboter, neue Computerprogramme, Maschinen und Neuerungen gezeigt. In dem 3D Raum, er nannte sich Deep Space, konnte man verschiedene Programme herzeigen.
Das Ars Electronica Center bietet den Besucherinnen und Besuchern etwas, das es sonst nirgendwo auf der Welt gibt: Eine 16 mal 9 Meter große Wandprojektion, eine ebenso große Bodenprojektion, Lasertracking und 3D-Animationen machen den Deep Space 8K zu etwas ganz Besonderem. Hier werden Bildwelten in 8K-Auflösung projiziert und auf ein völlig neues, noch nie dagewesenes Level gehoben. Ein Besuch im Deep Space 8K ist einzigartig, faszinierend, beeindruckend und überwältigend! Zu sehen gibt es Z.B. Pixelwolken von berühmten Gebäuden, erstaunlich wirklichkeitsnah Man konnte sogar die Streif hinunterfahren, wobei manche vor Schreck umfielen. Auch das Weltraumprogramm Uniview war sehr beliebt. Gesteuert habe ich das Ganze mit dem Handy. Future lab hatte ein eigenes APP entwickelt, sodass man sich im 3D Weltraum zwischen den Sternen oder Galaxien bewegen konnte.

Ich musste dazu einiges lernen, vor allen auf English, weil ich oft in English moderieren musste. So eine Show dauerte ca. 20 min und man sollte alles erklären. Was heißt „Hintergrundstrahlung“ auf English? „backgroundradiation“ na, hab ich mir gemerkt. Ja, den Job im AEC bekam ich, weil ich gut English kann und mich mit Computern auskenne, es gab ein langes Testverfahren, es wurde nur English gesprochen und es wurden verschiedene mögliche Szenen mit Kunden durchgespielt. Ein Allgemeinwissen wurde vorausgesetzt. Also, es ist nicht so schwer mit fast sechzig Jahren einen Job zu finden, wie manche tun. Noch dazu war der Job ja fernab von meiner Ausbildung als Chemiker. Als ich mir zur Pension was dazuverdienen wollte, hatte ich drei Angebote. Autos überstellen, Computerkurse geben oder eben den Job im AEC. Der schien mir der interessanteste. Also es ist nicht so, dass man mit 60 keinen Job mehr kriegt. Und ich bin auch nicht gescheiter wie die Anderen. Einmal im Jahr gibt’s ein „Festival Ars Electronica“, da reichen Künstler aus aller Welt ihre Erfindungen,

Kunstwerke etc. ein. Riesenparty in unserem alten Postverteilergebäude. Auch die elektronische Musik kommt nicht zu kurz, es gibt viele Konzerte und Vorführungen. Zum Beispiel ein Konzert für 200 Handys, na das war ein Gepiepe und Gedudel. Aber die Programmierer vom Future lab taten ganze Arbeit, dass die ganzen Handys teils zugleich und teils nacheinander läuteten, bzw. ihre piptones abspielten. Doch gab es auch ernsthaftere electronic Konzerte von berühmten Japanern oder Amerikanern. Viel wurde auch zum Thema Robotik präsentiert. Mehrere Roboter schlurften umher und fragten, ob man was trinken möchte, was sie dann auch brachten mit ihren funkelnden Augen und zaghaften Bewegungen. Ein japanischer Professor für Informatik, Hiroshi Ishiguro, zum Beispiel, hatte sich komplett nachbauen lassen. Gehen konnte er zwar nicht, aber im Sitzen plaudern und mit den Händen gestikulieren gelang ihm tadellos. So saß er in der UNI vor den Studenten und hielt einen Vortrag über Kinetik. Von den Malediven aus. Der Professor sagte, die Studenten hätten es nicht mitgekriegt, dass er das nicht selbst war. Sagt aber nicht viel, meinte der Professor, die kriegen allgemein nicht sehr viel mit. Jedenfalls setzten wir ihn oben ins Cafe, der Professor saß im Nebenraum, und beobachteten, wie die Leute reagierten. Ja, man konnte ihn auf English etwas fragen - und er antwortete höchst vernünftig und gestikulierte, aber die Leute meinten, der habe was im Kopf. Obwohl alles sehr echt aussah, es war doch anders als ein

Mensch. Doch niemand glaubte an einen Robot, sondern vielmehr, dass der nicht ganz normal sei. Interessant waren auch die verschiedenen, immer wechselnden Themenbereiche. Einmal z.B. ging

es um die „Weltmaschine" eines steirischen Bauern. Der verbrachte sein halbes Leben damit, eine absolut sinnlose Maschine zu bauen. Sie bewegte sich und sah fantastisch aus. Fotos und Werdegang wurden gezeigt. Die Weltmaschine des oststeirischen Bauern Franz Gsellmann ist eine im Zeitraum von 1958 bis 1981 erbaute Kunst-Maschine, die in seinem ehemaligen Hof nahe dem Ort Kaag in der Gemeinde Edelsbach bei Feldbach in der Steiermark zu besichtigen ist.

Spulen wir also ein Stück zurück, genauer gesagt 40 Jahre in die Vergangenheit: Hannes Leopoldseder gründete 1979 die Ars Electronica, zeitgleich hält die digitale Revolution ins Leben der Menschen Einzug. Seitdem verfolgen wir dasselbe Ziel: Wir erforschen die Verbindung von Kunst, Technologie und Gesellschaft und sind dabei stets von der Frage geleitet, was neue Technologien für unser Leben bedeuten. Im Mittelpunkt steht immer der Mensch Es gibt so

vieles, das wir noch nicht sehen, so vieles, was noch verborgen ist; niemand weiß wirklich, wohin uns die digitale Revolution führen wird.
Hannes Leopoldseder, Mitbegründer der Ars Electronica
Wie gesagt, ich moderierte den Deep space, und ich war „Infotrainer“, also ich beriet die Besucher, erklärte ihnen die Stationen und bot Führungen an. Sprachassistenzsysteme, Gesichtserkennung, Übersetzungs-, Empfehlungs-, Entscheidungs- Algorithmen: Auch wenn man sie nicht immer auf den ersten Blick erkennt, nimmt Künstliche Intelligenz an allen Ecken und Enden Einzug in unser Leben.

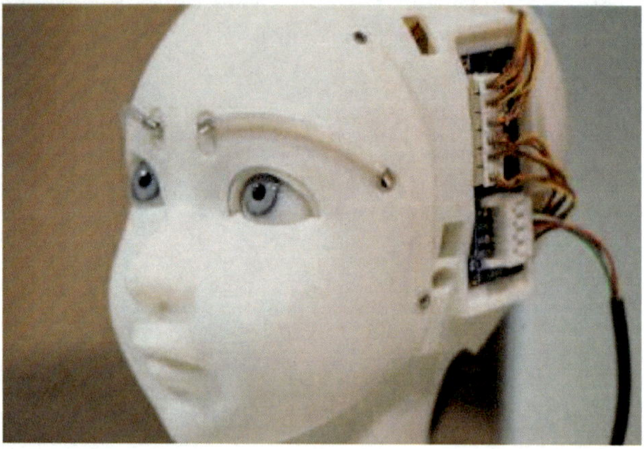

Eine gängige Annahme lautet, dass Computer und Algorithmen – anders als wir UserInnen – fair und neutral sind, alle Menschen gleichbehandeln oder zumindest für alle Menschen gleich gut oder gleich schlecht funktionieren. Anhand überraschender Beispiele aus der Praxis zeigt Roboterpsychologin Martina Mara, dass KI oft gar nicht so fair ist wie wir denken, dass Personengruppen aufgrund ihres Geschlechts, Alters oder ihrer Handymarke von manchen KI-Systemen sogar diskriminiert werden. Sie erklärt, wo die Ursachen dafür liegen, was dagegen getan werden kann und warum uns mehr Diversität in der Technik-Branche immer noch ein großes Anliegen sein muss. So gab es viele interessante und lustige Dinge zu bestaunen, und auch heute lohnt ein Besuch im AEC Linz.

Für das Ars Electronica Center durfte ich einige Videos machen. So filmte ich jede Station, bevor sie aufgelassen wurde. Zum Beispiel das Robolab mit den Fußballspielenden kleinen Robotern, oder das Fab Lab, Fabrikationslabor mit dem 3D Printer. Oder über den fantastischen Techniker Clode Shannon.
https://www.youtube.com/watch?v=PPnKH1aKC04 oder Robolab:
https://www.youtube.com/watch?v=7zsFI2rC9Ek&t=26s

SENEGAL

Unsere Nachbarin Sissi, eine Managerin mit Audi TT, kam gerne am Sonntag zu uns Schnitzerlessen. Wir verstanden uns gut, quatschten den ganzen Nachmittag. Sissi war voriges Jahr in Senegal Tanzen und Trommeln. Sie war in einem Campement in Cap Skirring, Senegal. Der Besitzer und Tanzlehrer, ein gewisser Aliou Dieme bot dort Zimmer mit Meerblick, Strohhütten zum Wohnen, Trommel- und Tanzkurse an. Aliou gab auch Tanzunterricht in Österreich, und er wollte einen kurzen Werbefilm für sein Campement machen, um ihn dann in Österreich seinen Kunden vorführen zu können. Nun, das war genau das Richtige für mich. Sissy hatte das gut organisiert. Aliou kam zu mir, über den Preis plus Kost und Logis wurden wir uns schnell einig. Da ich ja nun nur noch zwei Tage in der Woche arbeitete, konnte ich mir ruhig für zwei Monate frei nehmen. Schon am 1.Dezember saß ich im Flieger nach Paris, Charles de Gaulle. Dort gelandet, musste ich durch ganz Paris durch, nach Orly. Nun, Paris kannte ich gut, ich hatte dort einmal eine Freundin in Saint Sulpice, bei der ich einige Zeit verbracht hatte und die mir diese wundervolle Stadt gezeigt, und mir auch sonst das Leben versüßt hatte. In Orly erwischte ich den Flieger von CM (Club Med) welcher nach einem Stopp in Dakar gleich weiterflog nach Cap Skirring, wo ich hinmusste. Nun, Dakar kannte ich ja auch sehr gut, denn als ganz junger Mann war ich mit meiner Mutter drei Monate lang hier gewesen. Damals war ich siebzehn, und sie nahm mich mit zu ihrem Freund Coly. Das war meine erste große Reise. Ich war fasziniert, wir reisten mit dem Schiff über Casablanca. Doch in Dakar wurde mir bald langweilig. Das Essen der Colys war ausgesprochen eintönig. Es gab mittags und abends Reis und Fisch. Es war ein grauslich schmeckender Fisch, nur in Wasser gekocht mit einer scharfen Frucht. Pfui Deibel! Seither kann ich keinen Fisch mehr essen. Doch ich sah viel, war das erste Mal in einem exotischen Land. Beim Abschied am Hafen hatte Coly gesagt: wer einmal im Senegal war, komme sicher wieder, weil´s so schön ist.

„Mich seht ihr sicher nie wieder," meinte ich damals, und dachte an Fisch Aber, wie das Leben so spielt, heute, 45 Jahre später war ich wieder da. Ich stieg aus in Cap Skirring und Aliou Dieme wartete schon mit seinem uralten Puch G auf mich. Wir fuhren eine Zeit lang auf einer holperigen Straße, dann zeigte mir Aliou sein Campement

Wunderbar. Dies wurde meine Hütte für die nächsten zwei Monate. Zum Strand waren es genau zwei Minuten. Es war angenehm warm, nicht heiß, nicht feucht. Aliou stellte mir seine Familie und Mitarbeiter vor, dann gab´s ein gutes Abendessen. Am nächsten Morgen ging ich erst mal schwimmen. Der Strand war leer, nur einige Kühe lungerten herum, ja, und ein Waran. Am Nachmittag hatten wir Besprechung wegen dem Film. Acht Minuten Shortcut waren vorgesehen. Dazu wollte ich bei der Gelegenheit eine Doku drehen und nannte das: Magie und Musik in der Casamance. Das ist das südliche Senegal, südlich von Gambia. Einige Tage später, es ging alles recht langsam hier, lernte ich die Musik und Trommelgruppe „Doman Doman“ kennen. Sie sollten durch den Film führen. Wir fuhren in den Ort Cap Skirring, zwei Kilometer vom Strand entfernt, Staubstraße. Im Ort Bretterbuden, Geschäfte, Lokale und eine Menge Leute. Aliou und ich genehmigten uns einen Kaffee. Die Leute waren nett und freundlich, es gab wenige Touristen, ein paar Franzosen. In der Nähe gab's einen Club Med. Wir gingen über den Strand hinein, beim Hinausgehen zum Ort warnte uns der Wachmann, es sei sehr gefährlich hier, wir sollten lieber herinnen bleiben. Hahahaha! Am nächsten Tag, Besprechung. Ich begann den Film mit dem Campement, der Familie und den Angestellten des Hauses. Da gab es Noah, den Koch, seine Frau und einen Lehrbuam sowie Mimi, die Frau von Aliou, dick und süß. Noah kochte sehr gut, hier schmeckte mir sogar der Fisch, lieber jedoch hatte ich Gulasch und Henderl. Bald gab es ein Fest, eine Ziege wurde geschlachtet, vorher vom Zauberer beruhigt, zerlegt und am Feuer in großen Kesseln mit siedendem Öl gegart. Reis wurde gekocht, und dann in einer Waschschüssel Reis und Fleischbrocken serviert. Schmeckte nicht schlecht. Gegessen wurde mit den Händen, Man nahm sich ein Stück, dann formte man aus dem Reis ein mundgerechtes Bällchen. Aliou, als Chef des Hauses, schob jedem einzelnen Fleischstücke zu. Dazu gab´s Bier und Wein. Auch die „Doman Doman“ hörte ich zum ersten Mal. Es wurde getrommelt mit den Tschemben und zwei Mädchen tanzten zum Rhythmus. Viele Gäste kamen, und es wurde ein Mordshallo, als die Mädchen mit ihren Pos wackelten. Ein paar Franzosen waren

erschienen, die hier Geschäfte machten. Ich unterhielt mich gut und filmte natürlich das Geschehen

.

Zu Rauchen gab´s auch was, es wuchs hervorragendes Gras in der Casamance. Um nicht negativ aufzufallen, sog ich ein paar Mal kräftig am Joint, was ich ja schon lange nicht mehr getan hatte. Huiii, verdammt guter Stoff. So wurde es ein wirklich schöner, beeindruckender Abend. Weil ich eingeraucht war, trank ich wenig, was sich am nächsten Tag positiv bemerkbar machte. Wenn eine Flasche Wein geöffnet wurde, wurde immer der erste Schluck auf den Boden geschüttet, für die Ahnen. Alte Tradition hier. In Senegal gibt es Großteils Muslime, auch etliche Christen, es gibt überall Kirchen. Dort feiern sie mit fröhlichen Gesängen und Tanz ihre Liebe zu Gott. Jedoch hier im Süden, in der Casamance waren die meisten Animisten. Sie glaubten an die belebte Natur und an Zauberei. Dementsprechend viele Medizinmänner gab es, die mit ihren Knöchelchen, Ästen, Wurzeln und viel Whiskey die Leute heilten, bzw. die Krankheit austrieben. Ein paar

Tage später besuchten wir einen Guru. Er saß unter einem Baum, als Glocke hatte er eine alte Autofelge aufgehängt, die er mit einem großen Schraubenschlüssel bearbeitete, was ein Mordsgetöse und Gescheppere ergab

Im Boden befand sich eine Grube, halb voll mit Rotwein und einige Gegenstände darin, unter anderem ein Messer. „Das Messer symbolisiert Gerechtigkeit, klärte mich Aliou auf. Wenn man krank war, und geheilt werden wollte, musste man ein Tier mitbringen, in das die Krankheit gezaubert wurde, zumindest ein Henderl. Dies wurde dann, Krankheit hin oder her, von der Zauberer-Familie verspeist. Ansonsten gab es Handauflegen, gemurmelte Gesänge und natürlich zwischendurch immer einen Schluck Whiskey, sodass nach erfolgreicher Zeremonie der Zauberer, der Patient und die Zuseher besoffen waren. Auch die Zukunft war dem Medizinmann nicht fremd.

Die kostete allerdings eine Stange Geld – das war es mir aber wert! Man prophezeite mir, ich würde wieder nach Autriche fahren (nicht sehr schwer zu erraten) und dann heiraten. Na, warum nicht, dachte ich, bin ja mit meiner Aimy schon einige Jahre beisammen. Der Medizinmann erzählte mir auch - nicht ohne Stolz - dass es im Senegal schon Autos gab, bevor die in Europa erfunden wurden. Senegalesen hätten sie erfunden, genauso wie das Fernsehen. „Tres interessant" meinte ich. Nun, ich filmte auch einen Gottesdienst, mit Krippe und Jesuskind, es kam ja bald Weihnachten, Noel, auf Französisch Im Film stellte ich diese beiden Formen des Glaubens gegenüber, ohne überheblich zu sein. Dies dankten mir die Einheimischen. Auch dass ich viel Positives filmte und erwähnte. Die Leute waren traurig, dass man in Europa von Afrika nur hungernde und kriegführende Menschen sah, Korrupte und Mörder - ein einseitiges Bild. Es gab sehr viele Startups, Schneidereien, wunderbare Stoffdesigner, und viele Ton-Studios. Dakar ist ja die Musik-Hauptstadt von Afrika. Traumhafte Musik. Viel Rhythmus und Reggae. Ja, les arachides, nicht zu vergessen, die Erdnüsse. Senegal ist Hauptexporteur, weshalb es in Dakar überall nach gerösteten Erdnüssen riecht. Dies alles würde ich filmen.

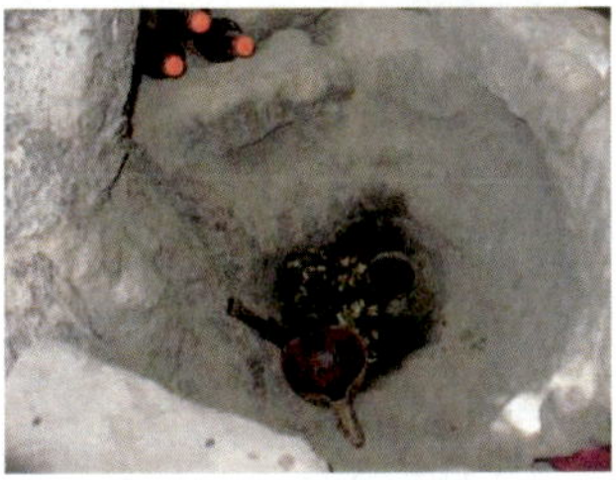

Leicht beduselt vom Whiskey fuhren wir wieder heim. Ich fuhr mit dem alten Puch G von Aliou. Der war leider alle paar Kilometer kaputt. „Traktor" nannte ihn Aliou. Is eh klar, wenn du ihn Traktor nennst, ist er beleidigt und wird hin. Das sah Aliou ein und fortan nannte er ihn nicht mehr Traktor. Hin wurde er trotzdem. Bremsweg: mit viel pumpen ein Kilometer. Auf der Straße hier von Siguinchor nach Cap Skirring fuhren die meisten Autos auf dem breiten Sandstreifen neben der Straße. Die Straße war ja asphaltiert. Nur hatte sie derart tiefe Schlaglöcher, die würden einem glatt die Vorderachse abhauen, also fuhr ich auch neben der Straße. Dann ging´s durch den Ort Skirring. Dort war nicht viel los, siehe Bild

Schöner ist es am Strand bei Alious Campement, bei den Kühen und beim Waran. Der lief oft am Strand entlang, mit Schwanz war er ungefähr eineinhalb Meter lang. Ich war natürlich gleich hinterher mit der Kamera, um gute Aufnahmen zu bekommen. Plötzlich blieb das Viech stehen, und wollte mir mit seinem imposanten Schwanz eine auflegen. Nur durch einen Rückwärtssprung konnte ich mich retten. Der nächste Tag war Badetag. Am Strand aalen, schwimmen, quatschen, manchmal kamen Leute vorbei und fragten, woher ich käme. Auch einige Händler mit Stoffen,

Schmuck und kitschigen Schnitzereien kamen vorbei. Am Nachmittag gab Aliou seine erste Tanzstunde. „Doman Doman" machten die Musik dazu. Ein paar Österreicherinnen, Französinnen und eine Engländerin tanzten mit. Zeitweise tanzte ich mit, wegen da Gaudi. Bewegung zur Trommel bei Sonnenuntergang, wirklich sehr romantisch.

Dies Lied wurde auch gesungen, mit dem ergreifenden Text:
„Am Tage arbeiten wir, am Abend trinken wir" Nach dem Tanzen gings ab ins Wasser und dann gabs ein gutes Abendessen, Huhn mit Reis, dazu ein oder zwei G´spritzte. Am nächsten Tag filmte ich traditionelle eine Trommel-Werkstatt, wo die Tschemben hergestellt werden. Baumstämme werden ausgehöhlt, geschliffen und mit Ziegenfell bespannt. Fertig ist die Tschembe, und sie hat ordentlich Wumm. Ein paar Tage später besuchten wir Alious Mutter in Buhanoor. Das war wirklich ein einsamer Bauernhof in der Nähe von Enampore. Eine große Lehmhütte oder Lehmhaus, die Alte und ihr Freund begrüßten uns

freundlich. Wir durften im Hof schlafen, und man kochte uns ein super Abendessen, dazu grillten wir am Lagerfeuer Spießchen.

Wir schliefen gut, obwohl uns Alious Mutter von den verschiedenen Geistern erzählte, die hier herumschwirren. Nach einem ordentlichen Frühstück fuhren wir in die Distrikthauptstadt Ziguinchor. Dies ist die größte Stadt der gleichnamigen Region Ziguinchor in der Casamance, dem südlichen Teil des Senegal, und hat über 200.000 Einwohner. Sie ist das Handelszentrum der Casamance, wichtiger Handelsort und Militärstützpunkt zwischen Gambia und Guinea-Bissau. Dort hatte ich einiges zu filmen, so zum Beispiel ein Geschäft für Utensilien für Medizinmänner. Was es da alles gab an Knochen, Tierschädeln getrockneten Fröschen, Federn Ketten, Hörnern, verschiedenen Muscheln, fragwürdigen Tinkturen und dergleichen mehr. Unten, am

Ufer des Flusses gab es einige sehr schöne Villen, wo reiche Senegali und ein paar Franzosen wohnten. Natürlich gab es auch einige Hotels, wohl das schönste ist Hotel Kadiandoumagne, aber auch Le Flamboyant ist sehr romantisch.

Zurück nach Cap Skirring fuhr wieder ich, holprige 150 km, und hoffte, nicht bremsen zu müssen. Aliou und ich hatten Tücher vor den Mund gebunden, weil´s so staubte. Wohlbehalten kamen wir schließlich zu Hause an, bald gab was zu Futtern, erst eine Flasche Wein, und, natürlich, der erste Schluck für die Ahnen.

Am nächsten Tag war ich bei den „Doman Doman“ und filmte bei den Proben, nahm einige Songs auf - sie hatten auch eine sehr hübsche und gute Sängerin. Der Film sollte ja heißen „Magie und Musik in der Casamance“ (Der Trailer ist zu sehen unter:
https://www.youtube.com/watch?v=MHHVSUeSJb8

Aber so weit war es noch nicht. Ich hatte noch Einiges zu filmen. Eine Fahrt mit der Piroge, Besuch bei der Wahrsagerin, Tanz und Trommelworkshops und eine Fahrt nach Bignona, wo ich vor fast 50 Jahren in einer Strohhütte gewohnt hatte. Ich überspielte das Gefilmte auf den Laptop um einen Probeschnitt zu machen. Die Aufnahmen waren OK. So machte ich ein paar Tage Pause, spielte ein und begann zu schneiden. Manchmal ging ich in den Club Med um mich dort unter die Bloody Tourists zu mischen. Eine andere Welt, die nichts weiß vom Land, die Touristen lernen höchstens Kellner kennen. Ein Mittelding zwischen richtig reisen und Fernsehen. Ich freute mich auch schon

auf die nächste Woche, weil mich meine Aimy besuchen wollte. Ich räumte meine Hütte zusammen, die Spinne in der Dusche durfte bleiben, weil Aimy keine Angst vor Spinnen hat. Wieder einmal war ich bei „Doman Doman“ eingeladen, die sich über den Fortschritt des Filmes freuten.

Wir plauderten auch gerne, zwei konnten English, mit den anderen unterhielt ich mich auf Französisch. Das konnte ich ein bisschen durch meinen ersten Aufenthalt hier und in Tunesien und Marokko. Natürlich, auch über Religion wurde gesprochen, nein, Christen waren sie nicht, auch keine Animisten „We belive in Bamba“, sagten sie geschlossen. Nun, Bamba war ein senegalesischer Sufi, Moslem, Heiliger und Medizinmann,kurz gesagt: ein Marabout.

Scheich Amadou Bamba Mbacké war der Begründer des Ordens der Muridschiten in Senegal.

Sein Name ist eine afrikanisierte Form von Ahmad. Er wurde 1853 im Königreich Baol geboren. Sein Vater Muhammad ibn Habiballah war ein Marabut der Qadiriyya-Bruderschaft, der ältesten in Senegal.

Bambas Anhänger sahen in ihm einen Erneuerer des Islam. Er verkündete, dass zur Erlösung die Ergebenheit unter den Marabout und harte Arbeit nötig seien.

Die französische Kolonialregierung zeigte sich über Bambas wachsende Anhängerschaft und seine Möglichkeit zur Kriegsführung gegen die Kolonialmacht beunruhigt. Er hatte mehrere Könige mitsamt ihrer Gefolgschaft zur Konversion bewogen. Man traute ihm zu, eine Armee gegen die französischen Kolonialisten zu führen, was er allerdings nie tat. Vielmehr wurde Bamba ins Exil nach Gabun geschickt, wo er die Jahre 1895 bis 1902 verbrachte. Später kam er nach Mauretanien (1903 - 1907).

Seine Anhänger haben viele Legenden über ihn verbreitet. Auf dem Schiff nach Gabun soll Bamba, dem das Gebet verboten war, sich angeblich von seinen Eisenfesseln befreit haben. Er sei über Bord in den Ozean gesprungen und habe auf einem Gebetsteppich, der aus dem Wasser auftauchte, zu beten begonnen. Als die Franzosen ihn in einen Ofen warfen, habe er sich niedergesetzt und mit Mohammed Tee getrunken, In einem Käfig mit wilden Löwen legten sich die wilden Tiere an seiner Seite nieder und schliefen.

Im Jahr 1910 kam Frankreich zu dem Schluss, dass Bamba keine kriegerische Absicht habe, sondern sich sogar kooperativ zeigte. Seine Lehre von der harten Arbeit diente auch den französischen Interessen.

Für seine Unterstützung bei der Rekrutierung von Soldaten für den Ersten Weltkrieg wurde Bamba zum Ritter der Ehrenlegion ernannt. 1926 n.Chr. begann Bamba seine Arbeit für die große Moschee in Touba, in der er nach seinem Ableben begraben wurde. Nach seinem Tod traten seine Nachkommen in die Erbfolge der Muridiyya-Bruderschaft ein und Übernahmen die Führung.
(So die Enzyklopädie des Islam).

Hier zeigt sich eine interessante Übereinstimmung mit Jesus und den Christen. Daher erzählte ich ihnen von Jesus und den Christen. Die meisten wussten davon, gab es doch in Senegal etliche Kirchen. Natürlich wollte ich nicht missionieren, ich wollte nur meinen Standpunkt darlegen. Einer der „Doman Doman", Aidou, stellte mir seine Freundin vor. Sie war auch Sängerin der Gruppe, und weil sie auf dem Gruppenfoto nicht dabei ist, hier ein Foto von ihr. Ist sie nicht wunderhübsch? Hier in die Casamance kamen aus Europa viele ältere Herren, und es gab genug Mädchen, die deren Freundinnen werden wollten. Es war nicht direkt Prostitution, die waren wirklich lieb, auch ich bekam ein Angebot. Ich sagte, leider, meine Freundin kommt bald. „Na dann, wenn sie wieder weg ist, meinte das hübsche Ding. Natürlich musste man derlei Freundinnen aushalten, einladen, ihnen Gewand kaufen, und öfters Geld geben, weil´s ja dem armen Onkel so schlecht ginge, und weil die Cousine kein Geld für Babynahrung hatte. Umgekehrt sieht man auch etliche ältere europäische Damen mit jungen Burschen am Strand entlangschlendern. Na, wieso auch nicht. Beim Trommeln und Tanzen und Weintrinken kam man sich näher. Und die Jungs wollten natürlich in erster Linie nach Europa. Geld verdienen.

Und man weiß ja, was die Schlepper für Geschichten verbreiten: Zum Beispiel, dass man in Deutschland, wenn man den großen Fluss (Mittelmeer) überquert hat und durch Italien nach Deutschland gelangt war (Autriche hatten sie glatt vergessen), bekomme man gleich ein Haus und ein Auto. Natürlich, der Weg über eine Hochzeit war gemütlicher als im Mittelmeer zu ersaufen. Doch bei den meisten blieb es bei einer netten Beziehung und ein wenig Geld.

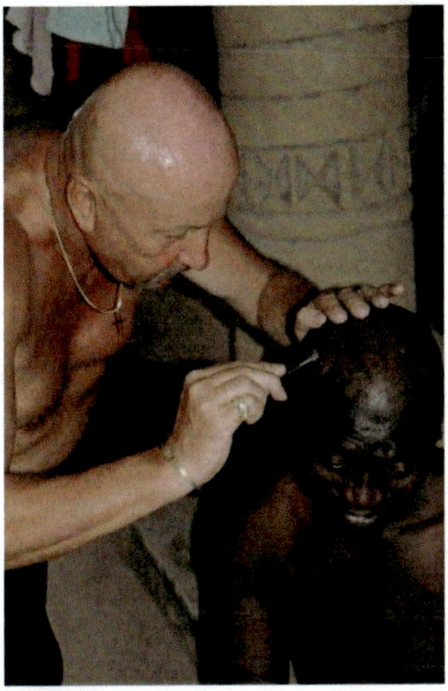

Zurück bei Aliou in Buhanoor gab es einen fröhlichen Abend, und Aliou meinte, er wolle auch, wie ich, eine Glatze. Ich meinte, trotz Glatze wirst du nie so schön sein wie ich – Gelächter – und schon brachte man mir einen Rasierer und ich sollte loslegen, zum Gaudium der Umstehenden. War schwer. Die schwarzen Locken, zäh wie Draht. Man brachte einen neuen Rasierer. Prompt schnitt ich ihn. Doch am Schluss war er zufrieden, das Ergebnis konnte sich sehenlassen. „Wenn du mich nicht geschnitten hättest, hätte das Unglück bedeutet“ meinte Aliou und besah sich unter dem Gelächter der Anderen im Spiegel. Eh, eine schwarze Glatze is schöner als eine weiße. Es wurde noch ein lustiger Abend, einige Leute

aus Österreich waren angekommen, auch ein Freund von mir, ein Arzt. Und Sissi, meine Nachbarin. Die sollte ja auch die Sprecherin im Film sein. Sie war ja schon mal da. Immer wieder bin ich begeistert, wie schön es hier ist, meinte sie und nahm einen Schluck Rotwein. Dem Arzt, Dr. Trasch, gefiel es auch gut. So waren wir mit den Alious. eine lustige Runde. Aliou musste sich immer wieder im Spiegel bewundern. Doch ich glaube, Mini, seine Frau, war nicht so begeistert, trotzdem strich sie ihm über die neue Glatze.
Ja, wieder gab es ein gutes Essen, Gulasch mit Reis. Ich mag ja das Essen hie, nur, zu Hause esse ich gerne Wurst, Brot und Käse zu Abend. Aber hier gab es außer Schafkäse keinen Käse – den gab es aber in Ziguinchor. Also, ich, nächsten Tag, los mit Alious Puch G 180 km nach Ziguinchor, Käse (holländischen Edamer, gleich eine Kugel mit 1,5 kg, und 180 km wieder zurück. Ist aber nicht wie bei uns. Teils Staubstraße, teils Schlaglöcher, sodass man neben der Straße herfahren musste. So brauchte ich hin vier Stunden, und zurück dreieinhalb, weil ich etwas mehr Gas gab (pedal to he metal) und ich nicht an die kaputten Bremsen dachte. Es war also schon stockfinster, als ich mit meiner Käsekugel daherkam. Leider aßen mir die Gäste gleich die Hälfte weg.

So verbarg ich den Kas im Kühlschrank, und holte mir nur ab und zu ein paar Stücke zum Wein.
Am nächsten Tag holte ich Aimy vom Flughafen ab. Ich hatte mich schon riesig auf sie gefreut. Wir fielen uns in die Arme, dann brachte ich sie nach Buhanoor, in meine frisch aufgeräumte Hütte. Aimy war

begeistert. Den schönen Strand konnte sie noch nicht sehen, weil es elf Uhr in der Nacht war. Aliou hatte ein besonders gutes Essen kochen lassen, und wir feierten fröhlich Wiedersehen. Am nächsten Tag lud Aliou uns zu einer Pirogen-Tour ein. Wir tuckerten durch verschiedene Wasserarme hinaus ins offene Meer.

Auch eine Insel besuchten wir, auf welcher sich eine Wahrsagerin befand. Wie beim anderen Medizinmann, ließen wir einiges Geld bei ihr, wussten aber nun die Zukunft. Der Wahrsagerin ist die Deutung leichtgefallen. Ein tiefer Blick in meine Augen, und schon wusste sie, dass ich glücklich verliebt war. Aimy grinste. Sie legte Muscheln, Steine und Knochen, warf dies manchmal in die Luft und betrachtete interessiert das Muster, das entstand. Mit Aliou und Mini redete sie in Jola, der dort üblichen Sprache, aber anscheinend prophezeite sie den beiden auch nichts Schreckliches. Ich durfte auch filmen. Kassumai, verabschiedeten wir uns, worauf sie antwortete Kassumai kep. Das war das übliche Begrüßungsritual hier. Wir gingen in ein nahegelegenes Gasthaus mit schönem Gastgarten am Meer essen und trinken. Aimy gefiel es gut, auch freute sie sich über die schön gerichtete Hütte. Sie war ja auch weit gereist, war in Tansania bei einem Hilfsprojekt, kannte also die afrikanische Art. Sie hatte Ferien, und konnte bis zum sechsten Jänner bleiben. Am 24. Dezember wurde in Buhanoor Weihnachten gefeiert: es gab einen Tisch mit Gaben, Wein, Gesang und Tanz.

Wir genossen die Zeit. Einmal fuhren wir mit Alious Jeep nach Bignona. Dort war ich als 17-jähriger 14 Tage gewesen. Ich konnte mich aber an nix erinnern. Damals hatten wir in der Hütte des Bürgermeisters, gewohnt. Der war aber mittlerweile längst verstorben und ein anderer hatte das Amt inne. Ein paar mehr alte Autos fuhren umher, die Straße war asphaltiert, und es gab einige Lokale, zum Biertrinken. Wir besahen uns alles und sausten wieder heim. Da ließ sich Aimy von Sissi, eine original afrikanische Dreadlocks Frisur machen. Sah toll aus, dauerte aber einen ganzen Abend.

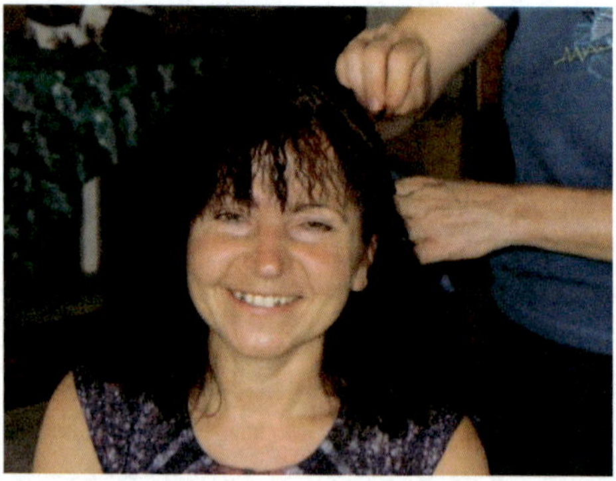

In dieser Nacht, ungefähr um zwei Uhr hörten wir Aliou und Noah rumoren. Dann sah man sie bei fahlem Taschenlampenlicht am Strand Löcher graben. Naja – wir legten uns wieder schlafen.

Am nächsten Morgen fragte ich Aliou, warum er denn mitten in der Nacht am Strand Löcher gegraben hätte. Er blickte sehr ernst und meinte: „Geister waren am Strand zu spüren. Böse Geister. So gruben wir Löcher, damit sie stolpern und hineinfallen. Wir haben sie eingegraben, hoffentlich“ Insgeheim musste ich lachen, doch ich dachte, an das woran die Christen glauben, da darf man gar nicht lachen. Nur zwischendurch ein Beispiel:
In einer Kapelle nahe Florenz in der Toskana hing ein großes Kruzifix mit fast lebensgroßem Jesus draufgenagelt. Immer am ersten Oktober begann Jesus aus seinen Wunden zu bluten, eine rötliche Flüssigkeit rann herab. Nun, das sprach sich herum, und schon bald pilgerten hunderte Gläubige jeden ersten Oktober dorthin und beteten das Wunder an. Der Mesner kam dem Wunder auf die Spur. Immer am ersten Oktober wurde die Heizung in der Kapelle wieder eingeschaltet, und ein rostiges Rohr, welches ein Leck hatte, verlor etwas Wasser, bis es wieder zu kalkte. Das beteten die Leute inbrünstig an. Viel blöder ist Geisterfangen in der Nacht auch nicht, glaube ich. Ich versteh ja gar nicht, dass die Christen immer ein Wunder wollen. Das ganze Leben ist ein Wunder. Jede Fliege, jede Spinne ist ein Wunder. Eine jungfräuliche Geburt ist ein Wunder, weil eine Geburt an sich ein Wunder ist, aber „jungfräulich“ entstand durch einen Übersetzungsfehler aus dem Griechischen. Dort war zu lesen: „Maria, eine junge Frau, gebar ein Kind.“ Soviel dazu. Ich als gläubiger Christ glaube an das Wunder Leben und das Wunder Gott. An sonstige Wunder wie übers Wasser gehen und im feurigen Ofen überleben kann ich vergessen.

In Buhannor unterdessen wurde freudig getanzt und getrommelt, ich nahm die Lieder von „Doman Doman“ auf und sammelte Musik von anderen Gruppen, wie zum Beispiel „Dakar Transfer“ und ähnliche. Dakar ist ja, wie ich schon erwähnte, die Musikhauptstadt Afrikas. Mit derlei Musik unterlegte ich dann am Schneideplatz die Landschaftsaufnahmen. So wuchs der Film und nahm Gestalt an. Es wurden ja eigentlich zwei Filme, der Werbefilm mit acht Minuten und der Film „Magie und Musik in der Casamance“ mit 45 Minuten, wie ein Universum Film. Schnell war die Zeit mit Aimy um, ich brachte sie wieder zum Flieger nach Hause. Sissi flog mit ihr, ich blieb noch, hatte noch einiges zu filmen, und hier hatte es 28 Grad, zu Hause minus 8.

Dies war die Aussicht vom Speisezimmer und Veranda in Buhanoor. Das Wasser hatte auch 28 Grad und ich ging jeden Tag schwimmen. In den nächsten Tagen brachte mich Aliou zu einigen Musikern, die ich aufnahm und filmte. Es gab ja verschiedene senegalesische Instrumente, neben der Djembe auch die Kalimba, eine Art Nagelbrett. Und die Kora, wie man hier sieht.

Hier singen sie melancholische Lieder von Liebe und Heimweh, oder aber fröhliche mit Djembe und Tanz. All das ist in meinem Film zu bewundern. Die Musiker freuten sich, aufgenommen zu werden. Und bei mir zu Hause in Linz konnte ich ihn im Programmkino Movimento herzeigen. Doch dazu später.

Ein paar Tage später machten wir eine Tour nach Dakar. Ziguinchor, Bignona, Tankon, dann über die Grenze nach Gambia. Der Gambia Fluss wurde mittels Floßes überquert, massenhaft Kaimane sahen zu, bei Farafenni wieder ging es nach

Senegal, weiter nach Kaolack, über den Trans-Gambia Highway. Je näher man Dakar kam, desto schöner wurden die Straßen. In Kaolack deckten wir uns mit Obst ein, tranken was und rasteten. Bis jetzt war Aliou gefahren, jetzt fuhr ich weiter. Spät abends erreichten wir Dakar, und wühlten uns durch den Verkehr zu Alious Stadtwohnung in der Rue Gambetta. Ausschlafen, am nächsten Tag war Stadtbesichtigung.
Dakar die Hauptstadt des Senegal und zugleich Regionalpräfektur der Region Dakar, der bevölkerungsreichsten Region des Landes.

Für die Stadt wurde ein eigenes Département geschaffen, das Département Dakar als eines von 45 Départements, in die der Senegal, und eines von vier Départements, in die die Metropolregion Dakar gegliedert ist. Dakar war traditionell die größte Stadt des Senegal, verlor aber diesen Rang ungeachtet ihrer starken Wachstumsrate nach dem Ergebnis der Volkszählung 2013 knapp an die Nachbarstadt Pikine. Dakar ist das bedeutendste Wirtschaftszentrum des Landes. Die Stadt liegt auf der Cap-Vert-Halbinsel als Hafenstadt an der Atlantikküste. Dakar ist die am weitesten westlich gelegene Stadt Kontinentalafrikas. (*aus: Wikipedia)*

Da gibt's alles: moderne französische Viertel, Slums, Hochhäuser, Bretterbuden, noble Geschäfte und vergammelte Stände. Der Hauptplatz ist die „Place de l'independance". Wir waren in Discos mit super Reggae Music, in noblen Speiselokalen, Supermärkten und in der Medina. Zum Filmen besuchten wir zwei der bekanntesten Ton Studios und interviewten die Mixer, die super Reggae Music auch viele electronic Songs zauberten. Wir leisteten uns ein Ferry boat und genossen die Seereise bis Cap Skirring. Gegen Ende des Monats zeigte man mir noch zwei Schulen, eine Bäckerei und eine Weberei. Alles ist im Film zu sehen. Ende Jänner gab es ein großes Abschiedsfest in Buhanoor, dann ging es wieder heim nach Linz.

WIEDER ZU HAUSE

Gottlob war der kalte Jänner vorbei, und den Februar würde ich auch überleben. Ich freute mich sehr auf Aimy. Sie unterrichtete an zwölf verschiedenen Schulen evangelische Religion. Keith hatte das Architekturstudium abgeschlossen und mit drei Kollegen ein Büro für Architektur, Innenausstattung, Industrial Design und Musik eröffnet.
Mit seiner Silvia ging es ihm gut, und einige Tage später erhielt ich die freudige Nachricht, dass ein Enkerl unterwegs wäre. Juhuu! Ich wird Opa! Auch Maria hatte die Kunst-Uni mit Erfolg beendet, war also jetzt Magistra. Maria gründete mit ihrem Freund Herbert ein Fotostudio. Sie machen Werbefotografie, hauptsächlich Gewand. Ich besuche sie gerne im Studio, da schwirren die Models herum
Ja, ich bin sehr dankbar und sehr stolz auf meine beiden Kinder, es geht ihnen gut, und ich bin glücklich. Na, ich habe es nach meiner Abenteurerzeit im zweiten Bildungsweg bis zum Ingenieur geschafft. https://www.earfilm.com/# Dies ist meine Homepage. Mit meinen Bildern, der Scherbenkunst, den Filmen und Computergrafiken. Auch die Homepage habe ich selbst programmiert. Ich habe ja bereits in der ANALYTIC-LABORS beim Programmieren ihrer Homepage mitgeholfen. Und jetzt in der Pension habe ich schon für einige Leute Homepages zusammengestellt. Heute geht das ja viel einfacher als früher, als man noch HTML programmieren können musste. Nun, jetzt war ich beim Filmschneiden und Vertonen und Anfang März würde der Film im Programmkino Moviemento in Linz gezeigt. Wir freuten uns schon auf diesen Abend. Bei der Premiere dann hatte ich auch zwei Trommler aus Senegal beauftragt und Aliou war auch dabei. Der Kinosaal war bummvoll, ich glaub, alle Schwarzen von Linz und Umgebung waren anwesend, alle unsere Freunde und eine Masse interessierter Leute. Die Trommler mit den Jemben begannen im Dunkeln zu trommeln, dann sprachen Aliou und ich ein paar Worte, auch der Kinobesitzer sagte was, dann ließen wir den Film laufen, 75 Minuten Senegal. Das Publikum war begeistert. Wir bekamen langen

Applaus. So echt und direkt, wunderbar. Die Schwarzen lobten, dass ich Afrika nicht nur negativ, sondern durchaus positiv dargestellt habe, und auch, dass ich keine Religion über die andere gestellt habe. Wir feierten die Premiere im Solaris noch ausgiebig. Noch lange bekam ich positive Rückmeldungen. Eine Bekannte von mir, nachdem sie den Film gesehen hatte, reiste sie postwendend nach Senegal und einen Monat später kam sie mit einem Senegaler verheiratet wieder zurück. Na Bumm!

Unser schöner alter Chevy Caprice ist auch Geschichte. Das Getriebe wollte nicht mehr wie es sollte. Mit Mühe konnte man noch fahren. Nun, nachdem wir ihn zehn Jahre lang hatten und er jetztzwanzig Jahre alt war, dachte ich mir, fahr ma am Schrottplatz solange es noch geht. Ja, am nächsten Tag fuhr ich in der Industriezeile neben einer Baustelle und ein Lastwagen bog heraus, sah mich nicht und schob mich auf die andere Straßenseite, die Räder rissen die Seitentür auf, und ich dachte, mein letztes Stündchen hätte geschlagen. Die Autos hinter uns begannen zu hupen, vorne bremste einer gerade noch, doch der Chevy war Schrott. Der LKW-Fahrer hatte seinen Fehler endlich bemerkt und stieg aus. Ich umarmte ihn, und drückte ihm einen Kuss auf die Wange. Weil ich nun sogar noch Geld von der Versicherung bekommen würde. Haha!

Der wunderte sich sehr, entschuldigte sich. Ich bekam tatsächlich von der Versicherung fast das ganze Geld, das ich vor zehn Jahren bezahlt hatte.

Nun begann die Autosuche. Ich fand einen wunderschönen Chrysler 300c, sechs Jahre alt mit 70000 km. Den habe ich heute noch Ein standesgemäßes Gefährt. Rollt lautlos dahin, gute Stereoanlage etc.

Ich bin ja ein Ami Fan, das sind die schönsten Autos, grad in den 60er Jahren. Heute sehen alle Autos ähnlich aus. Natürlich bin ich jedes Jahr beim Ami Auto Treffen in Wels. Mein Töchterchen und Herbert sind auch dabei. Da gibt's alles zu sehen, von Hot Rod über die Flossen Autos, 60 Jahre Muscle Cars, Street Machines bis zu den heute gängigen Modellen von Cadillac und Chrysler. Ich darf natürlich reinfahren und mein Gefährt zu den anderen stellen. Abends gibt's Country oder Rockabilly Music, was Gegrilltes und an G´spritzten. Auch Ausfahrten werden veranstaltet und Wertungen. Aber dazu ist mein Nobelhobel nicht spektakulär genug.

Der wäre schon was, aber als dayly driver, so wie mein Chrysler nicht geeignet. Acht Liter Hubraum, braucht, wenn man vorsichtig fährt und er gut eingestellt ist 25l/100km. Geht heutzutage gar nicht. Meiner kommt mit zehn Liter durch und hat 250PS. Bin ja gespannt, wie sich das mit den Elektro-Autos entwickelt. Sind ja auch wieder die Amis ganz vorne mit dem Tesla. Ein super Auto! Ich bin damit schon Probe gefahren. Hat 460PS, von 0 auf 100 in 3,2 Sek. Der verbläst jeden Porsche. Natürlich, jetzt ziehen die anderen nach, Audi E-tron, Porsche, Jaguar auch ein Mercedes SUV soll elektrisch rauskommen. Einerseits super. E Motor hat 200 Teile, Benziner oder Diesel 4000.

Auch der Wirkungsgrad ist beim E-Auto wesentlich besser. Problem ist die Lithiumgewinnung, die ganze Landstriche verwüstet und Unmengen an Wasser braucht. Doch es wird gearbeitet an Batterien, die mit anderen Elementen, die nicht so schwer zu beschaffen sind. Das Fahrgefühl in einem großen E-Auto ist jedenfalls fantastisch, und ich sag immer, er stinkt woanders, nicht wo er fährt. Kommt drauf an, wo der Strom herkommt. Bei uns in Österreich mit viel Wasserkraft ist es sehr umweltfreundlich, in Polen z.B. mit ihren Kohlekraftwerken ist sicher ein kleiner Diesel umweltfreundlicher. Aber wir werden sehen. Sollte sich Wasserstoff als Energieträger durchsetzen, braucht man beim E-Auto ja bloß die Batterie gegen eine Brennstoffzelle austauschen. Aimy sagt, öffentlichen Verkehr fördern. Eh, in Ballungsgebieten sicher sinnig, jedoch der Huberbauer in Hühnergeschrei 25 wird kaum eine U-Bahn vor die Tür bekommen. Na ja, Zukunftsprognosen waren oft düster, Ende des 19 Jahrhundert wurde vorhergesagt, Wien wird im Pferdemist ersticken. Is nicht. Wie schon Karl Valentin bemerkte: Prognosen sind dann besonders schwierig, wenn es sich um die Zukunft handelt. Nun, ich fahr auch nicht sinnlos herum, nach Wien z.B. fahren wir gerne mit dem Zug. Im Urlaub wird geflogen, aber für Ausflüge und Besuche etc. ist das Auto schon wichtig.

Aimy unterdessen unternahm in den Ferien eine abenteuerliche Reise. Nach Leh Sie hatte schon mehrere Wanderreisen gemacht, so z.B. nach Tibet, wo sie rund um den Kailasch gepilgert ist. In 5000 m Höhe, tagelang. Die große Cora. Da hat sie ihre Sünden abgebüßt und meine gleich mit. Ich sagte, ich schenk ihr zum Geburtstag eine Lederschürze, und hölzerne Armschützer, damit sie den Weg mit ihrer Körperlänge ausmessen könne. Machen manche. Nur, wem soll das nützen? Heuer ging es also nach Leh. Leh ist eine Stadt in der Hochwüste des Himalayas und die Hauptstadt der Region Ladakh im nordindischen Bundesstaat Jammu und Kashmir. Ursprünglich ein Haltepunkt von Händlerkarawanen, ist Leh heute bekannt für seine buddhistischen Wahrzeichen und die Trekkinggebiete der Region. Der große Palast von Leh aus dem 17. JH ist einer ehemaligen Residenz des Dalai Lama (dem Potala-Palast in Tibet) nachempfunden und bietet einen Ausblick auf den Basar und das Gassengewirr der Stadt.

Aimy und ihre Wandergruppe flogen nach Delhi, von dort ging es nach Srinagar, dann mit dem Bus nach Menali. Hier beginnt dann der berühmte Menali Highway. Vor fast vierzig Jahren war

ich auch dort in der Gegend. Da gabs den Menali Highway noch nicht, man musste reiten. Das tat ich mir nicht an, ich blieb in Menali, da gab es eh das beste Haschisch der Region, und darauf stand ich damals. Nun, ich saß zu Hause vor dem Fernseher, Aimy war schon einige Tage weg, und im DMAX gab es die Sendung „Die gefährlichsten Straßen der Welt“ Na, welche wurde vorgestellt? Der Menali Highway. Ich war

entsetzt. Ich bekam richtig Angst um meine Aimy, die ja da gerade unterwegs war. Schreck lass nach! Aber sie überlebte es. Aus Leh kam am nächsten Tag der erlösende Anruf. Von Leh aus begannen sie ihre Wanderung. Die Gruppe von 12 Personen hatte einen Führer, einen Sherpa, Tragtiere (Lamas) welche die Zelte für die Nacht und die Küchenausrüstung transportierten. Natürlich, Aimy filmte und es entstand ein super Film. Ich fuhr da nicht mit, weil ich nicht so weit wandern kann. Die Wanderer waren bis zu zehn Stunden täglich unterwegs, und das in 5000m Höhe. Da schnauf ich ja schon beim Drandenken! Umso mehr freute ich mich, als Aimy wieder heimkam, und wir besahen uns, was sie gefilmt hatte. So konnte ich ein bisschen die Reise miterleben. Ich begann zu schneiden und zu vertonen, Aimy war dann auch die Sprecherin, und wir machten bei uns zuhause eine Filmpremiere, ich hatte ja einen Beamer und eine wirklich gute Stereoanlage, und bei uns passten viele Leute ins große Wohnzimmer, mussten halt auf dem Teppich sitzen. Doch es war ein großer Erfolg. Aimy hatte ja auch ca. 15 Minuten Delhi gefilmt, und das war so echt, dass ich mich zurückversetzt fühlte, habe ich doch fast ein Jahr in Delhi gelebt.

Ich beschäftigte mich viel mit Computergrafik. Hier hatte ich viele Ideen. Auch schrieb ich wieder, ein Science-Fiction Buch „Vom Verschwinden der Materie" Animiert wurde ich durch die Tatsache, dass mein Buch „Spiegelstadt" vergriffen war, und ich eine zweite Auflage bekam. Aus diesem freudigen Anlass hier noch eine Geschichte daraus, die sich schon ziemlich SCI FI anhört:

TECHNOLAND

Technoland besteht zur Gänze aus Edelstahl, hochglänzend oder gebürstet. Ein faszinierender Reiz geht von diesen endlosen, absolut glatten Ebenen aus. Ein Stahlplanet. Nichts, woran sich das Auge halten könnte. Nur hoch poliertes Nirwana. Man sieht die Flüsse nicht, die Technoland durchqueren. Und auch nicht die glatten Seen. Das glasklare Wasser ist wundersam in Edelstahlrinnen oder Wannen gebettet. Die sind bis zum Rand gefüllt. Geräuschlos fließen die Flüsse, ruhig stehen die Seen. Keine Böschung zeigt Flüsse oder Seen an, und das Zusammenspiel von Wasser und Edelstahl ist so täuschend, dass immer wieder Spaziergänger ins Wasser fallen. In der Nähe von Seen sieht man kaum trockene Leute, nein, die meisten sind triefnass. Und immer wieder hört man spitze Schreie der ins Wasser plumpsenden Frauen und dunkle Flüche der Männer. Kinder und Hunde finden es lustig. Top-gedressten, chic-geschminkten und Katzen gefällt es weniger. Es gibt sehr viele Spaziergänger in Technoland. Sie können überall umhergehen, weil es ja keine Wege gibt. Überall spiegelglatter

Edelstahl. Die Bewohner von Technoland müssen wenig arbeiten. Meist sitzen sie einige Stunden vor dem Computer, doch die Hälfte des Tages verbringen sie mit Jammern, wie schädlich die Bildschirmarbeit ist. Die Arbeit in Technoland besteht Großteils aus Forschung und Philosophie, denn gebaut oder erzeugt wird kaum was, weil zur Zeit alles perfekt ist und nichts kaputt geht. Nicht mal die Philosophie schafft es, den Technoländern Neuerungen einzureden, die sie nicht brauchen. Doch sollten sie von etwas Neuem erfahren, das ihnen sinnvoll erscheint, werden sie es sicher in Tai-wahn oder in Weitwegistan produzieren lassen. So haben die Leute Zeit und gehen am liebsten spazieren und abends in die Disco oder sie liegen vor ihren riesigen Bildschirmen. Gerne sehen sie Rustikales aus den umliegenden Ländern wie M-TV oder GO-TV und amüsieren sich über den Geschmack dieser Naturvölker. Wenn sie verreisen, dann gerne in die Spiegelstadt, wo alles (sogar die Straßenbahnen) aus Spiegeln besteht; wo sich der Himmel im Spiegelboden spiegelt und wo niemand nach Hause findet (wegen der Spiegelungen) und weil die Spiegelstädter noch keinen Heimfinde-Chip implantiert haben. Dort streunen dann die Technoländler herum, fallen meist in irgendeine Bar ein und bebraten die schönen Spiegelstadt-Hasen. An der Grenze zu Technoland muss man sich die Schuhe ausziehen, besonders wenn man gerade aus dem Scherbenland kommt, das komplett mit Scherben bedeckt ist und wo die Reifenhändler regieren. Daher ist das Niemandsland, das zwischen Scherbenland und Technoland liegt und etwa zwei Kilometer breit und zweihundert Kilometer lang ist, meist vollkommen mit Schuhen bedeckt, weshalb die Leute von Scherbenland das Niemandsland Schuhland nennen. Im Schuhland selbst nennt das Schuhland niemand Schuhland, weil es nur Schuhe gibt und sonst gar nichts. Ansonsten ist es im Schuhland wie im Erdbeerland: viele hoch erhobene Ärsche und viele Leute, die auf einem Bein stehen - beim Aus- oder Anziehen der Schuhe. Da vom Schuhland ein wahrlich sinnenbenebelnder Duft aufsteigt, haben die

Technoländler riesige Windmaschinen errichtet, die den tödlichen Gestank ins Scherbenland blasen. Denen ist's wurscht.
Der Besucher des Technolandes schreitet also in Socken über die blanken Nírostaflächen. Der Eindruck ist wirklich überwältigend. Diese riesige Fläche. Absolute Ebene, kein Zehntelmillimeter Erhebung oder Vertiefung. Und man kann eine Zeitlang umherflanieren, ehe man das erste Mal ins Wasser platscht. Vereinzelt huschen Wasserstoff betriebene Autos vorbei, völlig lautlos, dünnbereift wie Fahrräder und ohne Federung, weil's eh keine Unebenheiten im Lande gibt. Der Export dieser Gefährte geht sehr schleppend voran. Nur in der Spiegelstadt sieht man manchmal ein solches Modell. In der schiefen Stadt gibt's ein paar Wracks, deren Fahrer nicht mehr bremsen konnten und irgendwo dagegen gedonnert sind. Die Gefährte sind aus Silber- oder Goldblech und haben Sensoren, sodass sie keine Spaziergänger umfahren, sondern sie umfahren. Gibt's wenige Spaziergänger, so bügeln die Autos mit über 400 km/h über die Ebene und sie finden, sensorgesteuert, auch die seltenen fast unsichtbaren Brücken über die Flüsse und platschen fast nie ins Wasser. Wenn doch, gibt's viele Schaulustige. Die meisten Bewohner von Technoland wohnen unter der Erde, Verzeihung, unter der Edelstahlplatte. Gedeckt ist die Wohnung mit einer Glasplatte. Diese ist verspiegelt und rundherum nahtlos in die Edelstahlplatte, die ganz Technoland bedeckt, eingefügt. So bemerkt man beim Darüber gehen nichts von einer Wohnung, ja nicht einmal eine Veränderung der Stahloberfläche. Und die Anbindung zwischen Glas und Stahl ist absolut fugenlos und plan. Wäre es anders, würden die silbernen und goldenen Autos, die darüber huschen, eine Federung brauchen. Und Stoßdämpfer. In der Wohnung ist's super, weil man sich ja wie unter freiem Himmel fühlt. Des Tages scheint die Sonne und in der Nacht funkeln die Sterne. Es ist völlig unmöglich, seine Wohnung von außen zu erkennen, daher kann man sie auch nie wiederfinden, wenn man sie einmal verlassen hat. Daher hat jeder Bewohner des Technolandes einen Chip implantiert, der ihn von überall - sogar von Schuhland aus -in seine Wohnung führt. Nur von der

Rückwärtsstadt aus, die man verlassen muss, um sie betreten zu können und in der man sich an die Zukunft erinnert, aber nichts von der Vergangenheit weiß, funktioniert's nicht richtig; und so ist noch kein Technolandbewohner jemals aus der Rückwärtsstadt zurückgekommen. Aber sonst auch noch niemand. Also, alle anderen Ausflügler werden zu ihren Wohnungen zurückgeführt und es kommt ihnen vor wie Intuition. Früher war der Chip ans Wachbewusstsein angeschlossen, aber den Punkt ihrer Wohnung zu kennen und bewusst anzusteuern, fanden die Bewohner von Technoland fad und anstrengend. So hängten sie den Chip ans Stammhirn und nun gelangen sie intuitiv zu ihren Wohnungen. Das ist wohl eine Glaubenssache.

Also, wenn ein Technoländler den Platz über seiner Wohnung erreicht hat, öffnet sich automatisch eine Falltür in der Edelstahldecke und der Bewohner rutscht hinein. Leider kommt es immer wieder vor, dass zufällig anwesende Spaziergänger mitrutschen. Die kriegen halt ein Getränk kredenzt, weil die Technoländler sehr gastfreundlich sind. Rutscht ein Auto mit, wird's blöd, aber das kommt eher selten vor. Noch ein Grund, warum sich die Technoländler für den Intuitions-Chip entschieden haben, ist das wunderbare Gefühl der Schwerelosigkeit beim Hineinfallen in die unerwartet aufgehende Falltür. Man platscht dann rein ins gepolsterte Vorzimmer - geht ins Wohnzimmer, lässt sich von Robby, dem Roboter (manche heißen auch Blechi oder Tappsy), ein Getränk bringen und blickt nach oben. Die Sonne scheint herein, ein paar Wolken ziehen, eine Spaziergängerin mit rotem Höschen überquert hin und wieder das verspiegelte Glasdach Natürlich gibt's in Technoland auch Lokale; genauso wie die Wohnungen mit ebenem Glasflachdach ausgestattet. Weiche rote Polster, Teppiche, keine Möbel, eine Tanzfläche. Und die Technoländler hören lieber Techno als Landler. Nur haben sie die Computerklänge derart verfeinert und mit zuvor unbekannten Klängen versehen, dass das Hören dieser Musik ein mitreißender Hochgenuss ist. Manche Töne spürt man in der Brust, manche im Bauch, manche in der großen Zehe, und alle Discobesucher bewegen sich im groovigen Rhythmus. Auch die jüngeren Touristen, die es schaffen, in so eine Technodisco zu rutschen, sind begeistert. Die Technolandjugend braucht keine Drogen, weil die Musik die Droge ist; man ist tatsächlich auf Trip durch die Klänge, die Light-Show, die Nebelmaschine.

Und in einer Ecke sieht man eine Einkugelungsmaschine. Jedoch ist das nähere Kennenlernen zwischen Burschen und Mädchen leider oft mit Problemen verbunden.

In der Nacht tritt die Wirkung des Nach-Hause-find-Chips in Kraft und wenn nun der Bursch in die Wohnung des Mädchens rutscht, so tut er das gegen die Wirkung seines Chip - und der wird dann heiß. So sieht man nachts in Technoland viele verliebte Leute herumstehen, bei denen dunkler Rauch aus den Ohren aufsteigt. Die irren dann im Morgengrauen auf dem kühlen V2A-Stahl, und wenn sie Glück haben, fallen sie in einen Fluss oder See und können sich kühlen. Später werden sie eingesammelt und kommen in die Chip-Klinik, wo ihnen ein neuer Chip verpasst wird. Um die Chips liebesfreundlicher zu machen, wird in den Forschungslabors gearbeitet, dass die Köpfe rauchen. Doch am nächsten Morgen ist wieder alles ok im Technoland. Autos huschen lautlos vorbei, die ersten Spaziergänger fallen ins Wasser.

KUNST

Natürlich freute ich mich sehr darüber, dass Spiegelstadt neu aufgelegt wurde und nach wie vor Anklang findet. Das Buch hatte ich ja zusammen mit meiner Tochter Maria gemacht, die es mit ihren Fotos illustrierte. Das alles inspirierte mich zum Weiterschreiben. So entstand das eingangs erwähnte SciFi Buch „Vom Verschwinden der Materie“ Darin geht's auch am Anfang um Computergrafiken, so wurde ich dadurch auch zum Erstellen von Computergrafiken inspiriert. Ich sitze ja immer noch viel am PC, weil ich für einige Leute die Homepage mache und betreue. Dazu das Filmschneiden und eben die Computergrafik. Heute hat man da ja viele Möglichkeiten und Genres. Es gibt Freaks, die vollkommen naturgetreue Mädchen oder Männer am PC erstellen, mit Photoshop oder Painter. Dann die ganze Fantasy Geschichte mit teils ungeheuerlichen Kreaturen, teils liebromantischen Fantasien. Mir gefällt das gut, aber Ich selbst bleib im Abstrakten, ein Bild soll schön sein und das Herz erfreuen. Ich habe mir einige Programme zugelegt, mit denen ich Farben verfremden kann und Formen verändern. Zugrunde liegt meist ein Foto, welches ich gemacht habe, oder auch ein frame, aus einem Video gegrabbt. Da kann man dann dran arbeiten, verzerren, verwirbeln und übermalen wie Arnulf Rainer. Da geht´s viel ums Probieren. Ich schau mir dann die verschiedenen Bilder an, mache Probedrucke und vergleiche. Und frage Aimy oder Maria, was die beiden meinen, welches das beste Bild ist. Das Beste einer Serie wird dann auf Leinwand ca. 120 x 80 cm ausgedruckt. Das sieht dann respektabel aus. Ich zeigte einige einer Galeristin im Kulturzentrum Ursulinenhof, und sie war begeistert. Auch konnte ich bereits einige der Bilder privat verkaufen. Toll ist, dass ich sie in beliebiger Größe ausdrucken kann, je nach dem, was wer damit vorhat.

Dieses hier ist ein Beispiel aus meiner Sammlung. Es trägt den Titel: Die verschlungenen Wege der Sexualität. Von diesem Bild, das mir

besonders gelungen scheint, machte ich auch Teilvergrößerungen und farbliche Änderungen. Die hießen dann Wusch 1 Wusch 2 usw.
Zu sehen ist alles unter: https://www.earfilm.com/computergrafik

Durch die Aussicht auf eine Ausstellung in den Räumen des Kultur Zentrums Ursulinenhof war ich natürlich mächtig motiviert, neue Bilder zu erstellen. Natürlich, das metaphysische Kipferl, neu von mir gebaut, durfte hier nicht fehlen. Das ist eigentlich aus Glas, eine Glas Pyramide in der ein echtes Kipferl von der Bäckerei Honeder eingeschlossen ist. Allerdings habe ich es vergoldet, zwecks der Optik. Da habe ich mir vorgenommen, dass ich bei der Vernissage erzählen würde, dass das Kipferl normal wäre, aber durch die mystische Wirkung der Pyramide angefangen hätte, zu vergolden. Ich war gespannt, wie viele mir das glauben würden. Es gibt ja so sonderbare Zeitgenossen, die meinen, unter einer Pyramide werden die Messer schärfer und die Rasierer und weiß ich was alles. Na die gehören doch ein bissal verarscht, oder?
Auch begann ich, die Grafiken zu animieren, sie sollten sich bewegen. Ich spielte sie dazu in ein Programm namens Photo Mirage, hier konnte man mit verschiedenen Pfeilen und Zeitlinien das Bild in Bewegung versetzen. Auch zu sehen auf meiner Homepage. Das würde ich dann bei der Vernissage über einen Beamer laufen lassen, natürlich mit guter elektronischer Musik dazu, damit es auch was für die Ohren gibt.
Nun, während der Vorbereitungen traf noch ein freudiges Ereignis ein. Auch Maria war schwanger, mein zweites Enkerl, Walli ist mittlerweile

sechs Jahre alt und es geht ihr gut. Wir fahren ja öfters nach Wien, Keith, Silvia und Walli zu besuchen. Und ich freu mich sehr aufs zweite Enkerl von Maria und Herbert. Denen geht's auch gut, Fotostudio läuft.

Doch es kam etwas dazwischen. Ich erhielt einen Auftrag für ein Musikvideo. Von den „Domenican Boys", einer Hip-Hop Gruppe. Ja, die Tonspur wurde im Studio des Kulturzentrum Hof eingespielt. Die Boys waren sehr ordentlich, und sie hatten schon fertige Ideen, welche Sets abgefilmt werden sollen. So beispielsweise auf einem Hausdach über Linz, einem Basketballspiel, einer Autofahrt, stellte ich meinen Chrysler zu Verfügung, einer Modeschau und noch einigem mehr. War eine interessante Arbeit.

Hier die Boys mit den Models und dem Galeristen. Und natürlich mit dem Kameramann. Ich lernte auch den Galeristen kennen, bei dem wir die Szenen mit den Models drehten, und durfte für ihn auch einen kleinen Werbefilm über seine Aktfotografie-Schule drehen.

Außerdem bekam ich einige Aufträge von der evangelischen Kirche, Filme über Gottesdienste, Feierlichkeiten, Konfirmationen etc. Also ein breit gestreutes Spektrum. So hatte ich auch computermäßig aufgerüstet, und mir ein Profi-Schneideprogramm zugelegt. Magix Video-pro X3, so konnte ich auch, wie es damals üblich war, Blue Ray CDs brennen. Heute geht alles mit Stick und Cloud. Das Scheibenzeitalter scheint zu vergehen. Nix dreht sich mehr, keine Festplatte, sondern SSD, keine CD und DVD sondern nur noch Streaming Dienste und Downloads. Ist eh besser, hab ich ja in meinem neuen Buch „Vom Verschwinden der Materie auch genau beschrieben. Das Buch präsentierten wir, wie auch die SPIEGELSTADT im Loft des AEC in Linz. Ich unterstützte die Präsentation immer mit Videos, abstrakten Videos und Visuals. Und es gab elektronische Musik vom Feinsten von dem Duo Crimic. Beide Präsentationen erwiesen sich als ein großer Erfolg. Bei Spiegelstadt beamten wir natürlich Marias Fotos, die auch großen Anklang fanden. Natürlich gab's beide Male etwas zu essen und zu trinken, und wir waren froh, alle unsere Freunde zu sehen. Ungefähr hundert Leute waren beides Mal gekommen. Und entsprechend viele Bücher konnten wir verkaufen.

EMIRATES

Noch etwas kam vor der Ausstellung im Ursulinenhof dazwischen. Aimy und ich machten eine Kreuzfahrt. Und zwar ging es in die Arabischen Emirate. Nach einem Flug mit Emirates nach Dubai wartete dort schon unser Schiff, „Mein Schiff 2" ein riesiger Kahn mit zehn Decks. Unser Gepäck wurde in unsere Kabine gebracht. Es war eine Außenkabine mit einem großen Fenster. Dann besahen wir uns das ganze Schiff. Mehrere Speisesäle, Lokale und Bars. Ja sogar eine Einkaufsmeile gab es. Fitnessstudio, Theatersäle und Kinos. All das nutzten wir die

nächsten 14 Tage. Doch zuerst legten wir uns am Pool in einen Liegestuhl und schliefen uns aus. Als wir erfuhren, wieviel Dreck so ein Schiff macht, beschlossen wir, obwohl es uns gefiel, so eine Reise nimmer zu machen. Diese Schiffe verfeuern Heizöl

schwer, ein zäher Gatsch der bei der Destillation von Benzin übrigbleibt. Enthält auch nette 3% Schwefel. Dies alles wird oben hinausgeblasen. Aber unsere Reise ließen wir uns nicht vermiesen, wenn wir schon mal da waren. Am Abend stachen wir in See, Alle standen an der Reling und bewunderten die Manöver. Dann zwei Tage auf See, Pool, Plantschen, Relaxen und Essen und Trinken. Was da aufgetragen wurde war fantastisch Beinahe zu viel. Am nächsten Tag machten wir eine Stadtbesichtigung von Abu Dhabi, eine mondäne arabische Stadt. Natürlich durfte die Sheikh Zayed Grand Mosque nicht fehlen. Ein beeindruckendes Bauwerk. Was Glaube alles vermag! Eine derart wundervolle Gottesverehrung, ich war hin und weg.

Lange verweilten wir in diesem wundervollen Gebäude. Es freut mich sehr, mit wieviel Gefühl und Schönheit Gott verehrt wird. In Europa ja auch, was gibt es nicht für wundervolle Kirchen. Wir sahen uns auch weltlichere Dinge an, wie zum Beispiel den Gold-Bazar, oder den Gewürze-Bazar. Und die Leute in ihren schneeweißen Kaftan schlenderten stolz umher. Einen beobachtete ich, ein älterer, sehr seriöser Herr, er schritt an einem fahrenden Händler vorbei, der

Frösche verkaufte. Es waren Plastikfrösche, die man mit gewissem Druck am Boden befestigt, und die dann, nach etwas Zeit durch eine Feder nach oben springen. Der elegante Araber, mit einigen Leuten als Gefolge, blickte ohne sich zu bücken zu den Fröschen, weil sich ein solches Interesse nicht für so einen Herrn ziemt. Also blickte er verstohlen nach rechts unten, weil ihn die Frösche ja doch interessierten, und in dem Moment sprang einer hoch, und der Mann war derart erschrocken, dass er auch einen Luftsprung machte, sodass der Kaftan flatterte. Ich konnte mein Lachen nicht verbergen, worauf ich böse Blicke vom Gefolge des Herrn erhielt.

Dann gab es wieder einen Tag auf See, bis wir in Maskat, der Hauptstadt Omans anlegten. Oman, ein Land auf der Arabischen Halbinsel, umfasst Wüsten, Oasen in Flussbetten sowie eine lange Küste entlang des Persischen Golfs, des Arabischen Meers und des Golfs von Oman. Rimal Al Wahiba ist eine Dünenregion, die von

Beduinen bewohnt wird. In der Hauptstadt Maskat mit ihrem Hafen befinden sich die imposante, moderne Große Sultan-Qabus-Moschee sowie das alte Viertel Matrah mit seinem labyrinthartigen Suk und dem geschäftigen Fischmarkt. Es gab wieder eine Stadtbesichtigung und einen Jeep Ausflug ins gebirgige Umland. War recht interessant und hat fürchterlich gestaubt. Auf dem Hochplateau machten wir einen kleinen Rundgang, und besahen uns die Umgebung und blickten übers Meer. Zurück in Dubai durfte natürlich der Besuch im Goldbazar nicht fehlen, und der Turj Kalifa, das höchste Gebäude der Welt. Das Kuppelgebäude, in welchem man Skifahren kann, sparten wir uns, da ist doch Österreich besser. Aber die riesige Mall besahen wir uns. Luxus pur. Ein reiches Land mit stolzen Leuten. Sie sind auch sportlich, besonders, wenn sie sich dabei nicht bewegen müssen. Zum Beispiel bei der Falkenjagd. Da gibt es ja auch eine Verbindung zu Österreich, weil es auch in Österreich eine gute Falkenzucht und bekannte Falkner gibt. In Dubai findet man sogar eine Klinik für Falken. Ja und Kamele. Kamelrennen sind sehr beliebt. Früher hatten sie Kinder als Jockeys, heute kleine Roboter, mit einer Peitsche. Die Kameleigner fuhren nebenher mit ihren riesigen SUVs, und steuerten die Roboter. Ein Mordsspektakel! Etliche Scheiche ließen sich die Chromteile ihrer Luxusautos vergolden, auch die Felgen. Sieht nicht schlecht aus, ginge aber bei uns eher nicht.

Wieder zu Hause konnte ich mich meiner Ausstellung in der Clubgalerie im Ursulinenhof widmen. Die Galeristin wünschte sich zwei Scherbenbilder, weil die ihr seinerzeit so gut gefallen hatten, als ich diese mit Maria ausstellte. Wir hatten ja auch einige verkauft. Also besorgte ich mir wieder Spiegel, und zwei große Bretter, die ich aber durchlöchern ließ, um LCD-Lämpchen hinein zu stecken, um die Scherben rot oder blau von hinten zu beleuchten. So sah das dann nach mühevoller Klebe- und Kleinarbeit aus. Ich fertigte dies in Marias Fotolabor. Leider waren die Bilder sehr schwer, weshalb wir dann beim

Aufhängen kräftige Dübel in die Wand einschrauben mussten. Eines war blau, das andere rot beleuchtet. Hier im Studio hatte ich auch genug Platz, um die großformatigen Computer Grafiken auf ein Grafiker-Paneel aufzuziehen. Mit

Hilfe von Aimy und Maria bekamen wir das nach einiger Übung blasenfrei hin

Auch die Installation „Das metaphysische Kipferl“ durfte nicht fehlen. Sie bestand aus fünf Teilen: einem zerstörten Kipferl in einer zerstörten Glaspyramide, drei Bildern, wie das Kipferl nach und nach zerstört wird, und eben das Kipferl in der Glaspyramide. Eine Installation der Vergänglichkeit. Oder man betrachtet es umgekehrt und es entsteht aus dem Chaos das metaphysische. Kipferl. Je

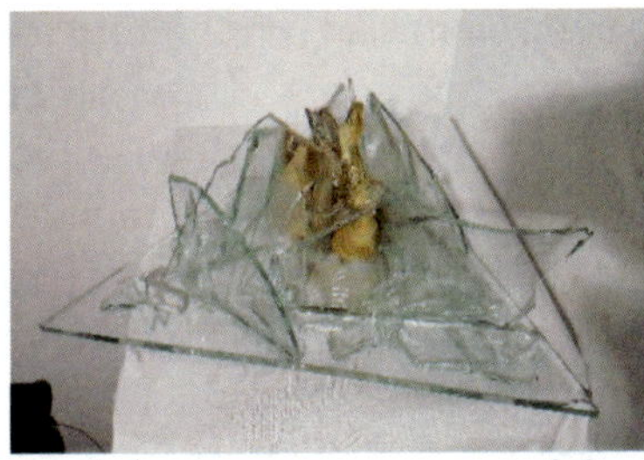

nachdem, aus welcher Richtung man das Ganze betrachtet, oder wie man gerade drauf ist. Auch soll es eine leichte Ironie auf manche Kunstwerke, die seeehhr ernst gemeint sind, sein. Die beiden unteren Kipferln befinden sich auf einer durchsichtigen Platte und werden von hinten beleuchtet, was dem Ganzen einen interessanten Effekt verleiht. So soll der Weg des

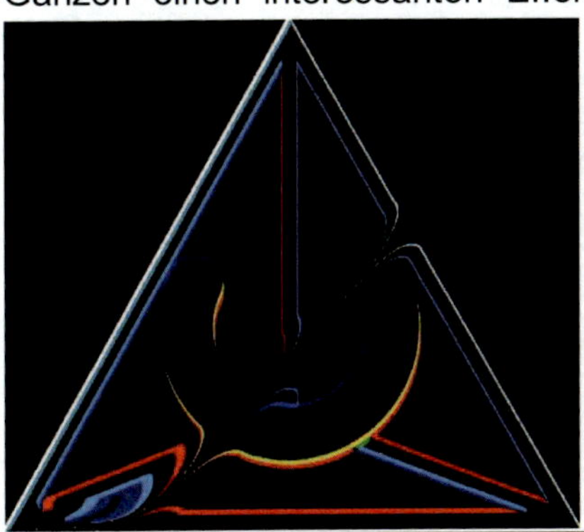

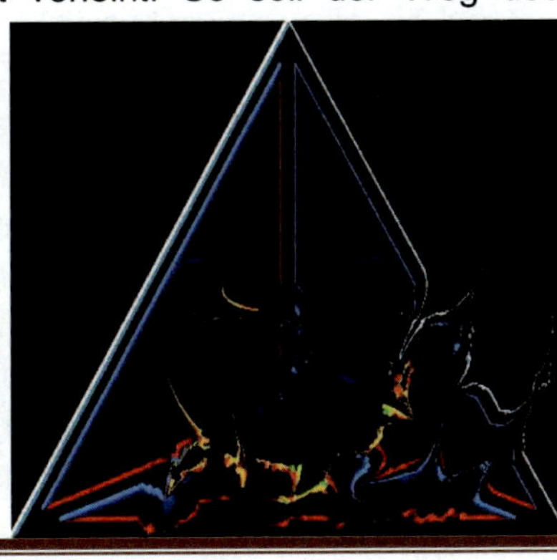

metaphysischen Kipferls nicht nur zum Schmunzeln, sondern auch zum Nachdenken über Vergänglichkeit anregen. Ja, so habe ich mich vom Hippie und Dealer über den Chemiker zum Künstler entwickelt. Darum geht's in diesem Buch Welche Möglichkeiten der Mensch hat und welche er ergreift. Manche meiner Hippie-Kollegen sind bereits verstorben, manche in Pakistan verschollen, einige sitzen immer noch in der Türkei im Häfn und ein paar wenige haben den Weg in eine bürgerliche Welt geschafft und versuchen, Gutes zu verbreiten. Ein Bisschen gelang mir das. Ich schreibe Bücher, die hoffentlich jemandem gefallen, ich mache Videos und Computergrafiken. Ich programmiere und betreue die Homepage der evangelischen Pfarrgemeinde Linz (umsonst) des Oberösterreichischen Künstlerbundes, die Seiten von einigen Malern und meine eigene. Ich versuche, meinen Freunden, Kindern, Enkerln und Aimy ein angenehmer Zeitgenosse zu sein. Ich bin ein gläubiger Christ geworden, respektiere aber auch alle anderen Religionen sowie den Atheismus. Gott erlaubt uns sogar, nicht an ihn zu glauben. Ich versuche, tolerant zu sein gegenüber anderen Meinungen, anderen politischen Ansichten, anderen Lebenswegen und natürlich anderen Völkern. Durch meine ausgedehnten und langen Reisen konnte ich Einblicke in die Vielfältigkeit der Kulturen gewinnen. Ja, Amerika kannte ich noch nicht, aber wir haben es geplant für nächstes Frühjahr. Ich gehe gerne in die Kirche, bete gerne, nicht aus irgendwelchen Zwängen, sondern weil es mir Freude bereitet. Auch an meine Mutter sei hier gedacht, die in meiner Kindheit immer gut zu mir war. Meinen Vater habe ich nicht so oft gesehen, ich wuchs bei meiner Omi und Mutter auf. Als ich 20 Jahre alt war, zog meine Mutter nach Tübingen wo ich ihr eine Wohnung einrichtete. In den folgenden Jahren brauste ich regelmäßig dorthin um sie zu besuchen. Manchmal kam sie zu mir. Als sie achtzig Jahre wurde, kam sie zurück nach Österreich Wieder half ich ihr beim Übersiedeln, und richtete ihr eine nette Wohnung in Leonding ein. Sie ist Schriftstellerin und hat einige Bücher veröffentlicht, Literaturkurse gegeben und sie ist bei der Marcel Proust Gesellschaft.

Wobei es mir ein Rätsel bleibt, wie einen der gefallen kann. Jedenfalls ist sie jetzt 99 Jahre alt und genießt immer noch das Leben.

Nun zurück zu meiner geplanten Ausstellung. Ich wählte die besten Grafiken aus, die auch zu den zwei Scherbenbildern und dem metaphysischen Kipferl passen. Dann gestaltete ich die Einladung.

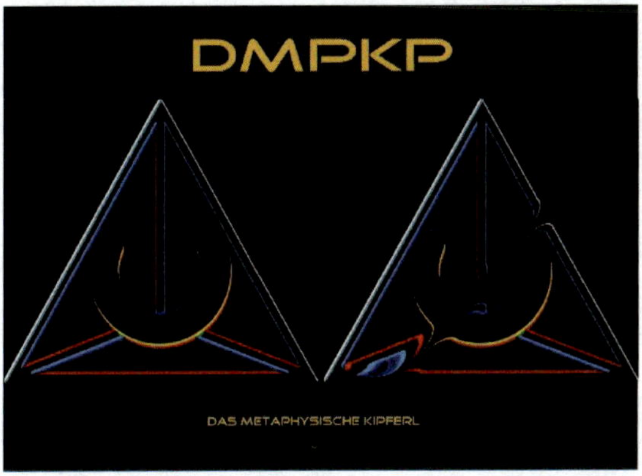

CLUBGALERIE DER DR. ERNST KOREF STIFTUNG
im oö kulturquartier, Linz, Landstraße 31/1. Stock

Wir freuen uns auf Ihren Besuch der Ausstellung

DAS METAPHYSISCHE KIPFERL

Installationen, Scherbenbilder, Computergrafik
von

ING.ERNST PERFAHL

Vernissage: Dienstag, 17.Oktober 2017, 19.00 Uhr
Zu den Arbeiten spricht: Prof. Gertrude Haider-Grünwald
Im Rahmen der Eröffnung:
werden auch die Preise für den

Dr.Ernst Koref-Videowettbewerb

"Mein Dorf - meine Stadt - mein Land" verliehen

Kurze Lesung aus SPIEGELSTADT
Es lesen: Mag. Michaela Gornik, Ernst Perfahl

Musik: CRIMIC

Ausstellungsdauer: 18.Oktober bis 10. November
Öffnungszeiten: Dienstag bis Freitag 17.00 bis 19.00 Uhr
sowie 21. und 22. Oktober 10.00 - 12.00 und 14.00 - 18.00
(Tage des offenen Ateliers)
tel: 0676 6096958

Ich hatte auch bei einem Videowettbewerb den zweiten Preis gewonnen, mit meinem psychedelischen Video: Traun(m)reise. Anlässlich der Vernissage gab es dann die Preisverleihung. Auf der folgenden Seite zeige ich zwei der ausgestellten Computergrafiken.

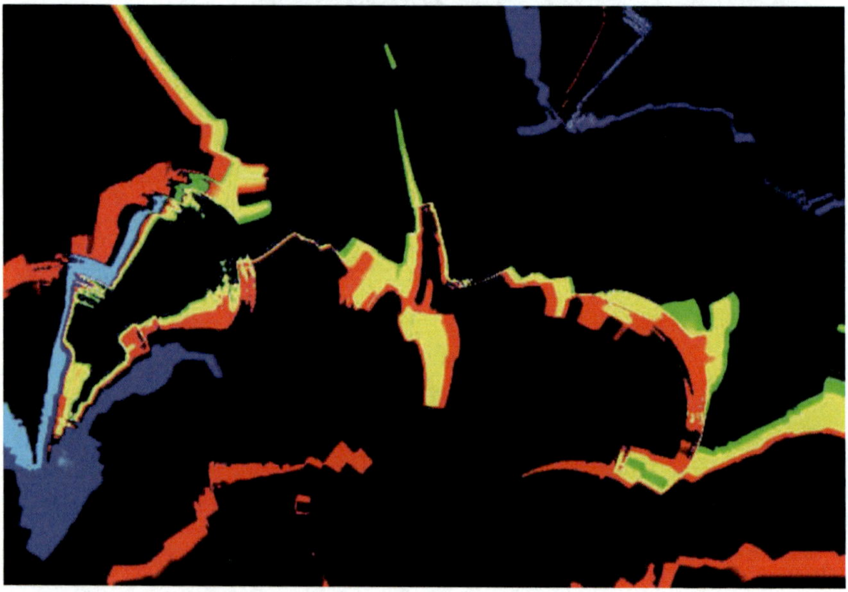

Dann kamen das Aufhängen und Gestalten des Raumes. Es war ein großer schöner Galerieraum, auch genug Beleuchtung war vorhanden, sodass die Bilder zur Geltung kamen

.

Nun brauchte ich nur noch auf den Tag der Vernissage zu warten - und der kam rasch Alles war vorbereitet, das Buffet stand, zu trinken gab es auch etwas, und nach und nach trudelten die Gäste ein. Es werden so ca. 80 Leute gewesen sein. Die Galeristin hielt eine kleine Einführung, dann ein Zwiegespräch mit mir, wie ich zu der Computerkunst kam und wie das geht. Dann hatte ich auch meine Freunde, die Elektronik Musiker CRIMIC eingeladen, und sie machten eine fantastische Musik. Die Gäste schlenderten herum und besahen sich die Bilder, und fragten mich, zwei Bilder konnte ich sogar verkaufen. Schön war auch, dass ich viele alte Freunde und Freundinnen wiedersah, die ich schon lange nicht gesehen hatte. Und sogar Herr Bubenthaler, der leider mittlerweile im Rollstuhl saß, war erschienen. Ich begrüßte ihn, und sagte, dass ich mich ganz besonders freue, dass er mit seiner Frau gekommen war. Ich stellte ihn meiner Aimy vor, und sagte: Herrn Bubenthaler habe ich sehr viel zu verdanken, er hat mir viel beigebracht, Elektriker, Laborant, Tischler, und er hat mich so quasi von der Straße weggebracht. Bubenthaler war gerührt.

So sah es dann in der Clubgalerie mit den Gästen aus. Ich hatte eine Riesenfreude. Auch Maria und Keith waren gekommen und gratulierten mir.

Den nachfolgenden Monat machte ich Galeriedienst. So saß ich immer von 16 – 19 Uhr in meiner Ausstellung. Ich hatte auch eine Stereoanlage installiert und konnte meinen Lieblingsinternetsender soma fm groove salad hören. Passte auch gut zu den Bildern Als Video

projizierte ich die Traun(m)reise. Es kamen immer einige Leute und besahen sich meine Bilder und das Video.
https://www.youtube.com/watch?v=KJMuvfVH4UI
So um achtzehn Uhr richtete ich mir eine Jause und einen G´spritzten. Es war immer nett, zu sehen, wer da kam. Zum Beispiel der Gernot, ein alter Hippie, mit dem ich einmal in Matala auf Kreta überwinterte. Oder eine nette Dame aus der evangelischen Pfarrgemeinde, die kam jeden zweiten Tag vorbei, hatte ein Auge auf mich geworfen.

Ja, das war ein schönes Erlebnis, und ich hoffe auch, dass meine Gäste einen schönen Abend verbrachten, oder sich weiterhin an den Bildern erfreuten. Auch in den Printmedien wurde meine Ausstellung erwähnt und beschrieben. Marias Fotostudio lief gut, sie hatten viele Aufträge, und… David kam auf die Welt. Große Freude, jetzt war ich doppeelter Opi. Walli kam mittlerweile in die Schule, wo es ihr sehr gefiel. Auch das Büro von Keith hatte einiges zu tun, und nebenbei unterrichtete Keith in einer HTL und zwar das Programm Cinema, welches Keith super beherrschte und Animationen für Architekten anfertigte. Ja, und dann kam Aimys 60. Geburtstag. Und: wir beschlossen zu heiraten. Im engen Familienkreis, nur meine Kinder, Mutti und Aimys Bruder und Schwester. Wir wählten die Musik zur Zeremonie aus „Ring of Fire“ natürlich die Version von Eric Burdon. So wurde es eine nette Zeremonie, Aimy sah hinreißend aus und ich auch ganz passabel. Unser gesamter Freundeskreis wurde dann zu Aimys 60. Geburtstag in Marias Fotostudio eingeladen. Es gab Life Musik, eine spanische Sängerin und ein Riesenbuffet. Nach dem Begrüßungssekt sprach ich einige Worte und dankte fürs Kommen. Dann sagte ich: „Es gibt noch einen zweiten Grund heute zum Feiern. Sodann projizierte ich ein Bild mit zwei Eheringen an die Wand. Mordsapplaus brach los und so mancher Gast hatte eine Träne im Auge. Weiter ging das Fest mit Essen und Trinken, und die Kolleginnen und Kollegen von Aimy hatten eine kleine musikalische Show einstudiert. Mit Gitarre und Klavier wurden ihre Taten und Untaten besungen. Später projizierte ich eine

Multimedia Show mit Aimys Leben von der Geburt bis heute. Wirklich ein schönes Fest.

Zur Hochzeitsreise beschlossen wir, nach New York zu fliegen. Schon lange hatte ich diese Stadt besuchen wollen.

NEW YORK

Nach einigen gemütlichen Wochen zu Hause ging´s los. Rein in die riesige Boeing 787. Jedes Mal bin ich wieder erstaunt, dass sich ein solcher Koloss in die Lüfte erheben kann. Die arme Aimy kam zwischen mir und einem noch dickeren Mann zu sitzen, ziemlich zerknittert kam sie in HYC an. Als wir dann mit dem Taxi durch Queens fuhren, bekam ich zum ersten Mal live die Skyline von Manhattan zu Gesicht. Das hinterließ einen bleibenden Eindruck. Wir hatten ein Hotel in der Nähe des Central Park gebucht. Es war ein großer alter Schuppen, schon etwas heruntergekommen, aber das Zimmer war OK, sauber, schöne Aussicht, angenehme Betten. Es gab leider kein Frühstück, weswegen wir in der Früh, vielmehr am Vormittag in ein Deli gingen. Die gibt's an jeder Ecke und haben zum Teil rund um die Woche 24 Stunden geöffnet. Man kann die wichtigsten Lebensmittel kaufen, aber auch hier essen, sie richten Burger und Toast und derlei Dinge. Am ersten Tag besahen wir uns Manhattan von einem Touristenbus mit offenem Dach. Eine nervöse Dame erklärte mit hoher Stimme und chinesischem Akzent die Sehenswürdigkeiten. „Here you see the Empire State Building" und dergleichen. Am nächsten Tag waren wir da schon oben und besahen uns NYC.

Nächsten Tag besuchten wir das Guggenheim Museum und das Museum of Modern Art, höchst interessant. Auch machten wir einen langen Spaziergang durch den Central Park, in dem sich die Leute auf der Wiese von der Sonne bescheinen ließen. Natürlich die noblen Geschäfte in der fifth und Seventh Avenue durften nicht fehlen, aber wir kauften nichts. Das Einzige, was ich mir kaufte war ein Kapperl der New York Yankees. Wir spazierten von Downtown über den Finanzdistrikt nach Chinatown, dann Little Italy Fifth Avenue und unser Hotel in der 53. Klar, Times Square besuchten wir am Tag und in der Nacht. NYC the town which never sleeps.

Essengehen ist sehr teuer, aber wir hatten uns in der Nähe unseres Hotels einen Chinesen ausgesucht, der sehr gut kochte und nicht teuer war. Wir aßen Rindfleischstreifen mit Sellerie und Karottenstreifen. Mmmmmhh! Klar fuhren wir auch mit der Subway herum, man kommt problemlos überall hin. An das amerikanische English, welches ich anfangs nicht recht verstand, hatten wir uns auch schon gewöhnt, und wir konnten uns gut unterhalten. Wir lernten eine Familie kennen, die auch das erste Mal in NYC waren, die kamen aus Mexiko. Sie erzählten uns von ihrem State und ich bin mir sicher, dass ich dorthin und nach Kalifornien noch mal komme: So langsam gefiel uns das Leben hier. Einige New Yorker lernten wir kennen, und am Abend gingen wir aus. In den Bars fallen die vielen riesigen Fernseher auf, außerdem ist der G´spritzte enorm teuer. Hier trinken ja alle Bier. Doch die Leute waren durchwegs nett und fast alle kannten Austria, ohne es mit Australien zu verwechseln. Ja, Autofahren in den USA ist sehr gemütlich Rigorose Tempolimits sorgen für einen langsamen aber fließenden Verkehr. Auch funktionierte das Reißverschluss System. Übrigens, wisst ihr, wer die freundlichsten Autofahrer sind? Die Geisterfahrer! Warum? Sie sind so entgegenkommend. Na, so fuhren wir mit unserem gemieteten Chevy Tahoe eine Zeit über Land, nur um das Feeling kennenzulernen. Ich als AMI Freak muss doch mal in Amerika

gefahren sein. Pedal to the metal bedeutet hier Vollgas, sollte man aber nicht tun, denn dann sind dir gleich die Cops auf den Fersen. Apropos Cops, zurück in NYC posierten sie freundlich für ein Foto. Nach zehn Tagen ging es wieder nachhause.

KUNST 3

Längere Zeit genossen wir unser zuhause, Aimy hatte ja auch nicht mehr lange bis zu ihrer Pensionierung. Gelegentlich fuhren wir nach Wien, Keith und Silvia besuchen, und Aimys Schwester und Bruder. Beide wohnen in Ober St Veit. Der Bruder ist Schauspieler So fuhren wir auch manchmal nach Grein. Dort gibt es ein uraltes kleines Theater, dort spielte Aimys Bruder und machte auch das Bühnenbild. Das Theater war klein, alte Holzsitze und keine Belüftung. Im Sommer, wenn es draußen 30 Grad hatte, dann hatte es drinnen 45. Entsprechend sahen die Damen, die mit schöner Frisur und perfekt geschminkt hineingegangen waren, dann beim Rauskommen aus.
Die Haare klebten im Gesicht, und die Schminke rann herunter. Ein lustiger Anblick. Es gab auch eine Toilette im Zuschauerraum, sodass früher einer, der mal musste, nichts versäumt. Sie ist heute leider nicht mehr in Betrieb.

Auch die Gefangenen, die hinter dem Theater im Gemeinde Kotter saßen, hatten von ihrer Zelle aus, ein Loch, um die Vorstellungen zu verfolgen. Auch heute ist das nicht mehr in Betrieb. Dafür gab es in der Pause Sekt. Meist saßen wir dann noch mit den Schauspielerinnen und Schauspielern beisammen, bevor wir wieder heimfuhren.
Im Sommer fuhren wir auch sehr gerne zum Pleschinger See, das ist ein Baggersee nahe Linz, schon ordentlich groß, mit Liegewiese, schattigen Bäumen und zwei Restaurants. Dort aßen wir gerne zu Mittag. Der Wirt, ein fröhlicher Dicker, kannte uns schon, und wir durften immer auf seinem Platz parken. Einmal sah ich auf seiner Speisekarte Schnitzel und Schweinsbraten. Ich überlegte, und da der Wirt grad dastand, fragte ich ihn, was ich essen sollte. Er sagte: „Ich rate dir zum Schnitzel, und ich sage dir auch, wieso.“ „Wieso?“ fragte ich „Weil, Schweinsbraten ist aus!“

Gerne besuchten wir den FKK-Teil, da braucht man keine Badehose.
Oft saßen wir mit unseren Freunden auf unserer Terrasse und plauderten. Unser Stammlokal der Jentschke wechselte den Besitzer und hieß nun ECO. Das störte uns aber nicht und wir trafen uns weiterhin dort.

Ich schrieb an meinem dritten Buch, „Vom Verschwinden der Materie“ es war, wie schon erwähnt, ein Science Fiktion Roman

Hier eine Leseprobe:

BLUE BRAIN BROJEKT

Endziel ist die Simulation eines vollständigen Neokortex, der beim Menschen aus circa einer Million kortikalen Säulen besteht. In einer 10-Jahres-Perspektive sollen verschiedene Forscher weltweit eigene Modelle verschiedener Gehirnregionen erstellen und in eine Internet-Datenbank hochladen können. Die Blue-Brain-Software soll diese

Module miteinander vernetzen und daraus die erste Simulation eines vollständigen Gehirns aufbauen. Um das zu erreichen, müssen mehrere noch ungelöste Probleme bewältigt werden.

A working brain model, MIT Technology

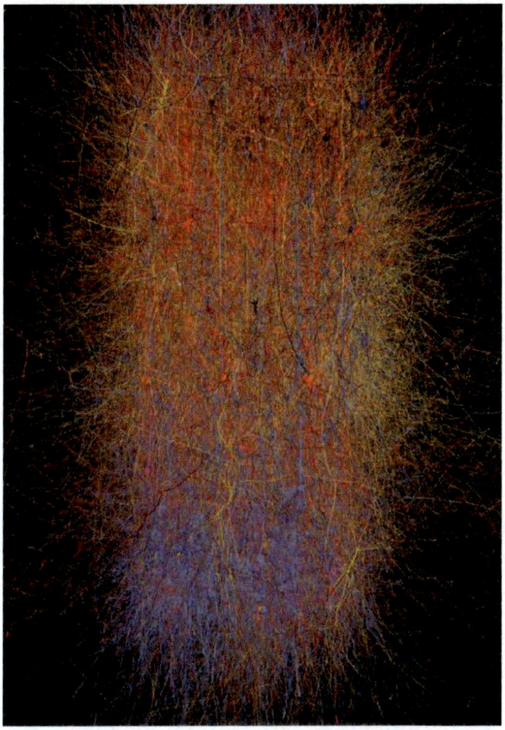

So schaut's heute aus. Im Jahr 2200 wird unser nachgebautes Gehirn in den Kopf eines Roboters passen. Der wird echt arm sein. Er wird sexuelle Gefühle haben, aber nicht wissen, wie ausleben. Oder wird man ihm einen stählernen Schwanz mit Erektionsmechanismus einbauen? Konkurrenz für uns? Ich weiß nicht recht. Werden viele Frauen einen stählernen Penis wollen? Etliche sicher. Es könnte auch sein, dass man weibliche und männliche Roboter baut, die könnten es dann miteinander treiben, das wird dann ganz schön scheppern. Alles, was wir uns ausdenken, spielt sich in unserem Gehirn ab.

Alle Gefühle, Gedanken, Philosophien, alles Wissen und alle Sehnsüchte sind in den Milliarden Neuronen und Synapsen zu finden. Alle Zukunftsvisionen und Wünsche sind hier versammelt. Und auch das vorliegende Buch wurde hier geboren. Doch wie wir wissen, bewegen wir uns hier auf der Ebene von Zellen bzw. Molekülen, und auf dieser Ebene gewinnt man den Anschein von Materialität des Gehirnes. Doch bereits bei den Elektronen, Neutronen, Quarks etc. welche die Moleküle des Gehirnes bilden und die Moleküle beeinflussen, geht es schon weniger materiell zu. Vielmehr um Wellen. Hier befinden wir uns im Einklang mit dem Universum, hier sind wir unsterblich, auch unsere Sehnsucht und Liebe sind unsterblich, auf ewig festgeschrieben im Unendlichen. Unsere Schwingung in der unendlichen Energie.

Weil ich meine geschätzten Leser nun vielleicht von der Nichtexistenz der Materie überzeugen konnte, kommt nun logischerweise der nächste Schritt: Auch die Gegenwart gibt es nicht! Es gibt die Vergangenheit und die Zukunft. Die Gegenwart ist nur die Schnittstelle. Selbst die kürzeste Bewegung, der kleinste Gedanke sind bereits Vergangenheit. Was ich schreibe? Vergangenheit. Sie lesen es - Vergangenheit. Die Gegenwart ist ein Punkt, der sich von der Zukunft zur Vergangenheit bewegt, hat keine Dimension. Keine Zeit. Ich finde es amüsant, dass uns so viele Leute auffordern, in der Gegenwart zu leben, obwohl es sie gar nicht gibt!

Die physikalischen Gleichungen sagen uns nicht, was sich gerade jetzt ereignet; sie sind wie eine Karte ohne die Markierung „Sie sind hier“. In ihnen gibt es weder den gegenwärtigen Moment noch den Fluss der Zeit. Insbesondere besagen Albert Einsteins Relativitätstheorien nicht nur, dass keine speziell ausgezeichnete Gegenwart existiert, sondern auch, dass alle Momente gleich real sind. Im Grunde ist die Zukunft nicht offener als die Vergangenheit

„1000 Jahre sind wie ein Tag und ein Tag ist wie 1000 Jahre

steht schon in der Bibel zu lesen. Zeit existiert also nur für die Materie, die nicht existiert.

Diese zeitlose Geistigkeit werden wir erleben.

Letztendlich werden wir fliegen können, wir werden unsere Körperlichkeit durchschaut haben. Wir werden fliegen können, schnell wie ein Gedanke. Wir werden keinen Teleporter mehr brauchen. Wir werden uns an unendlich vielfältigen Schönheiten erfreuen, wir werden die Welt in 1000 verschiedenen Aspekten bewundern können, einer schöner wie der andere. Wir werden zu Energiezentren gelangen, die wir heute Sterne nennen. Wir werden unsere Mit-Wesen in allen Aspekten bewundern und lieben, wir werden mit allem in Kontakt sein und unendlich glücklich Wir werden viel lachen, wenn wir an die vergangene materielle Welt mit Kriegen und Egoismus und Umweltverschmutzung denken. Wir werden die Erde natürlich auch im ehemals materiell genannten Level betrachten können und hier ihre Schönheit bewundern, an die wir uns Jahrmillionen lang gewöhnt haben. Und wir werden sehr darüber lachen, dass wir uns fast nie ganz fallen lassen konnten. Wir werden das Fließen der Energie wahrnehmen. Wir werden in die glitzernde Unendlichkeit kleinster Energie Quants blicken und uns der uneingeschränkten Schönheit und Liebe des Universums erfreuen. Und es wird egal sein, ob wir lebendig sind oder tot.

PALEOCHORA

Ich schrieb das Buch innerhalb von 14 Tagen in Paleochora, Kreta. Es war ein wunderschöner Urlaub, Aimy machte einen Kursus für griechische Tänze, und ich schrieb, und natürlich, viel Schwimmen und Sonnen. Paleochora ist ein sehr schöner Ort im Südosten Kretas, nicht zu überlaufen, kleine Hotels oder Studios, wunderschöne Strände zum Sonnen und Schwimmen und ein netter Ort zum Ausgehen und Bummeln.

Und somit auch ein guter Platz zum Bücherschreiben. Wir hatten eine Frühstückspension und abends gingen wir in den Ort in eine der vielen Tavernen um gut griechisch zu speisen. Seit mein türkischer Freund Don gestorben ist, fahren wir lieber nach Griechenland. Ich glaube, im Laufe der Jahre waren wir auf fast allen griechischen Inseln. Kreta, Samos, Korfu, Lesbos, Karpathos und wie sie alle heißen. Einmal besuchten wir auch Athen und die Akropolis, Thessaloniki, und auf der Mani waren wir auch zwei Mal. Und meist tanzte Aimy mit einer Gruppe griechische Tänze. Im Kreis, war nett anzusehen. Wie schon gesagt, ich tat lieber etwas anderes. Oft tourten wir mit Bussen durch das Land, lernten Leute kennen, so zum Beispiel auf Karpathos eine Malerin, die mich später in Linz besuchte, und wir beschlossen, gemeinsam eine Ausstellung zu machen. Wieder einmal zu Hause. Die Walli kommt bereits ins Gymnasium, Keiths Büro mostlikely wächst und bekommt Aufträge, Marias Studio geht auch recht gut, viel Arbeit, wenig Geld. David ist bereits vier Jahre, kerngesund und springt und hupft den ganzen Tag. Und er hat eine irre Fantasie, sieht sich als Pirat, da hab ich ihm ein Karton-Schwert gebastelt, oder als Zirkusdirektor, der eine Vorführung gibt. Da müss ma dann klatschen und jubeln, da freut er sich. Jedenfalls, alles bestens. Mein SciFi-Roman wurde auch im AEC präsentiert. Es kamen viele Leute. Ich genoss die Pension, las auch viel, hauptsächlich populärwissenschaftliche Bücher über Astronomie oder Teilchenphysik. Aber auch über Religionen, speziell der Sufismus interessierte mich immer noch sehr. Aimy und ich waren ja in der evangelischen Kirche engagiert, sie gab Kindergottesdienste, organisierte Kinderkreise. Denn seit vorigem Jahr ist sie auch schon in Pension. Sie meint, mit einem lachendem und einem weinenden Auge, denn einerseits freut sie sich natürlich über die Freizeit, andererseits gehen ihr die Kinder ab, die sie immer gerne mochten. „Aimy" jubeln sie voll Freude, wenn sie Aimy sehen. Sie hat ja sehr engagiert den Unterricht gestaltet. Es ist ein schöner und wichtiger Beruf, den Kindern von Gott zu erzählen. Eigentlich wichtiger wie jeder andere Gegenstand. Sag ich, sie, sagt das nicht, bescheiden wie sie ist. Ich mach ja weiterhin die Homepage für die evangelische Pfarrgemeinde, und ich fotografiere auch verschiedene Ereignisse und stelle die Bilder dann online. Auch für den OÖ-Künstlerbund gestalte und pflege ich weiterhin die Homepage, und wenn die eine Sammelausstellung machen, hänge ich meist zwei oder drei Bilder dazu. Auch habe ich meine Bilder animiert und daraus einen Film gemacht, der im Künstlerbund vorgeführt wurde. Ja, meine Mutter ist gestürzt und brach sich den Oberschenkelhalsknochen, weshalb sie nun im Rollstuhl sitzt und ins Altersheim nach St. Florian kam. Ich besuche sie zwei Mal in der Woche. Es ist immer noch schön, mit der alten Dame zu plaudern, man muss ihr halt laut ins Ohr reden. Sehen tut sie leider auch schon wenig, aber geistig ist sie noch voll da, und - sie schreibt noch immer Gedichte.

Da sie auch noch viele neue Gedichte geschrieben hatte, wollte sie noch einen letzten Gedichtband herausgeben.
Sie fragte mich, ob ich ihn illustrieren wolle. Wollte ich, denn es war mir eine Ehre, ihre Gedichte mit meinen Grafiken zu versehen. So las, und ordnete ich ihre Gedichte, Ich ordnete alle und suchte die dazu passenden Grafiken von meinen Computergrafiken aus.

So wurde es ein nettes Werk, und meine Mutter hatte eine Riesenfreude. Natürlich organisierte ich eine ordentliche Präsentation im AEC Skyloft, wo ich schon meine anderen Bücher präsentiert hatte. Auch meine Freunde, die Electronic Musiker Crimic, lud ich wieder ein und sehr sensibel spielten sie wunderbar passende Musik. Meine Mutter, Gott sei Dank, hörte schon so schlecht, dass sie von der Musik nichts mitbekam. Sie selbst genoss ausschließlich klassische Musik, Bach, Beethoven und hauptsächlich Mozart, weshalb ich auch mit meinem zweiten Vornamen „Amadeus“ heiße. Wir mussten meine Mutter mit dem Samariterbund herbringen lassen, da sie ja nicht mehr gehen konnte und allgemein schon recht schwach war. Aber sie freute sich sehr, Maria und ich lasen abwechselnd und wir bekamen viel Applaus.

Dazwischen und nachher gab es Musik. Auch projizierte ich eine von mir animierte riesige Grafik an die Wand, was dem Ganzen eine zusätzliche Wirkung gab. Es kamen auch viele Leute, meine Freunde, Bekannte von meiner Mutter und viele aus der Kulturscene. Auch ein Reporter war gekommen, sodass wir später in den Kulturnachrichten lobende Worte lesen konnten. Zum Schluss wurden natürlich, Sekt und Brötchen serviert.

Hier ein Beispielgedicht:

V E R L E T Z L I C H
Natürlich - unnatürlich
berechtigt - unberechtigt
Liebe: ein Grundrecht
wie Freiheit der Meinung, der Wortwahl
die Unversehrtheit des Körpers
wie dieser verletzlich
Warten sollte man nicht
auf die Liebe - sie hat
kein Verständnis für Zeit

Ja, so sah sie aus, unsere Familienlesung

Aimy hatte sich an ihre Pensionierung so halbwegs gewöhnt, sie machte noch Kindergottesdienste und Kinderkreise, Faschingsfeste, heuer ging sie als Hexe. Keith, Silvia und Walli kamen am Wochenende zu uns. Wir besuchten das AEC, ich kochte Schnitzal, wo auch Maria, Herbert und David dazukamen, sodass es ein echt super Familienfest wurde. Den ganzen Nachmittag wurde gespielt, geplaudert, Eis gegessen und das Leben genossen. Herbert und Maria machten beim Trierenberger Fotocircuit mit, und gewannen in der Rubrik „Portrait" den ersten Preis. Super Leistung! Die Bilder waren im Rathaus zu sehen. Ich machte neue Computergrafiken und stellte sie beim OÖ-Künstlerbund aus. Und, ich bekam einen Auftrag für ein Musikvideo. Eine befreundete Band, die „Angel, Devil and Company" eine Rock- und Bluesband wollte zu ihrem Song „Moonstreet" ein Video.

So machten wir uns an die Arbeit. Erst musste die Tonspur in einwandfreier Qualität aufgenommen werden, was wir im Tonstudio des Kulturzentrum Hof machen konnten. Dort gab es das nötige Equipment. Die Jungs kannte ich ja schon vom Video mit den „Domenican Boys".

Dann filmte ich sie in ihrem Probenkeller, und anschließend machten wir die einzelnen Takes. Der Bassist wollte als Kellner gehen, der Sänger beim Gaberln (Fußball) gefilmt werden, der Schlagzeuger als Zeitungsverkäufer, dazu baute ich eine eigene Zeitungsseite mit Reportage über die Band. Der Ziehharmonika-Spieler wiederum wollte ein Straßenkehrer sein. Aus diesen lustigen Ideen stellten wir das Video zusammen. Da die Band elektronisch eine Geige eingebaut hatte, ersuchte ich eine Bekannte von mir, die Geige ohne Ton zu spielen. Naja. Aber ansonsten wurde es ein gutes, schwungvolles Video:
https://www.youtube.com/watch?v=BvqxKq5HCYU
Die Kellner Szene filmten wir vor unserem Stamm Café dem Heuschober. Auch die anderen Szenen spielten sich auf der Landstraße und am Martin-Luther-Platz ab. Klarerweise gab es bei uns eine Premierenparty, wo auch die nette Kellnerin vom Heuschober dabei war. Die Jungs waren zufrieden, bis auf die Geigerin, der man leider anmerkte, dass sie überhaupt nicht Geige spielen konnte.

Nun waren Aimy und ich bereits seit einigen Jahren verheiratet, und es ging uns gut. Obwohl wir sehr verschieden sind, passen wir jedoch gut zusammen. Aimy geht gerne Wandern, ich bin eher ein Couch Potatoe, liebe es am PC zu sitzen und Romane zu schreiben. Aber in wichtigen Fragen, wie Religion, Politik, Umweltschutz und Soziales sind wir uns fast immer einig. Da wir beide weitgereist sind, haben wir klarerweise nichts gegen Ausländer. Weil wir ja selbst überall Ausländer waren.

Ich lernte eines Tages einen jungen Burschen aus Afghanistan kennen, der fühlte sich bei mir wie daheim. Auch konnten wir über sein Land sprechen, weil ich ja zweimal in Afghanistan war, und das jeweils einen Monat lang. Er hieß Muhammed und ich half ihm, den Hauptschulabschluss zu machen. So lernten wir mitsammen Englisch, Deutsch und Rechnen. Er war sehr nett und wollte sich auch integrieren, lernte relativ rasch Deutsch. Oft kam er auch nur so zu Besuch, zum Tee trinken und Quatschen. Er hatte ja auch eine abenteuerliche Flucht hinter sich, die Taliban hatten seine Eltern getötet, dann war er mit seiner Schwester in den Iran geflüchtet, von wo aus er mit verschiedenen Schleppern nach Österreich gelangte. Zuerst landete er in Traiskirchen, von dort aus ging es nach Linz, eine Helferin von einer hiesigen Flüchtlingsbetreuung kannte mich, und bat mich, mich ein wenig um ihn zu kümmern. Er dealte nicht, und beteiligte sich nicht an den Raufereien und Raubzügen anderer Afghanen. Als ich jung war, wäre er nicht mein Freund gewesen.

Ja, die Computergrafik entwickelte sich, einige schon konnte ich sogar verkaufen. Und im Atrium, einer Passage im Linzer Zentrum konnte ich, nachdem ich dort ausgestellt hatte, eine Auslage anmieten, wo noch heute einige meiner Bilder und Videos zu bewundern sind.

Zuvor fand jedoch die Ausstellung statt. Ich hatte meine Installation „Zugfahrt“ ausgestellt. Sie bestand aus drei, von hinten beleuchteten Bildern, und dem Video, welches Aimy in Peru gedreht hatte. Zusätzlich waren die Arbeiten „Blitz1, Blitz2 und Blitz3 zu sehen.
Musik kam von meinem Internet Sender „SomaFM“ welcher beste elektronische Musik abliefert, unterteilt in verschiedene Genre, eines davon „Groove Salad“ (Downtempo Techno and Ambient) - läuft bei uns zu Haus den ganzen Tag, außer wenn es Aimy abdreht. Es wurde ein gemütlicher Abend, lange saßen wir beisammen im Atrium Cafe.

Voriges Jahr bereiste Aimy Peru, Bolivien und Chile. Wiederum eine Wanderreise, weswegen ich zu Hause blieb. Und mich mit meinen Grafiken beschäftigte.

Hier ist ein Beispiel. Entstanden ist es aus einem Foto, welches ich in Teneriffa machte, wo wir vor zwei Jahren Urlaub machten. Eine wunderbare Insel, natürlich voller Touristen. Aber wir hatten ein gutes Hotel mit Pool und Meer, wo es uns gut ging. Wir machten gerne Strandspaziergänge, aalten uns am Pool und schwammen im Meer, wenn die Wellen nicht zu hoch waren. Abends gab es meist eine Unterhaltung, eine Band spielte oder ein Zauberer trat auf.

Natürlich besahen wir uns die Insel bei einer Rundfahrt, und dort, in Puerto de la Cruz, in einem Schlösschen, entstand dieses Foto, welches ich dann nach Lust und Laune deformierte.

Mein Enkerl David ist fünf Jahre alt, das andere Enkerl von Keith, Walli, ist elf und geht in die erste Klasse Gymnasium. Aimy ist in Pension gegangen, sie freut sich einerseits, und andererseits trauert sie etwas den Kindern nach.

Und ich? Ich werde siebzig!

Dazu gibt es natürlich ein großes Fest, bei dem Angel, Devil and Company die Musik machten. War eine sehr schöne Angelegenheit, es kamen alte Freunde aus der Hippie Zeit, und neue Freunde von Jetzt, und alle verstanden sich prächtig. Es gab natürlich ein gutes Buffet und genug zu trinken. Später wurde zu den Klängen von Angel Devil and Company sogar getanzt. Das Ganze fand im Youz statt, das ist das Zentrum der evangelischen Jugend in Linz.

Ja, der Ring, den ich seinerzeit in New Delhi von einem hübschen Mädchen bekam, was ist aus dem geworden? Ich trug ihn eigentlich die ganzen Jahre über, und hatte viel Freude an ihm. Doch nun war es an der Zeit, ihn weiterzugeben. Immerhin vierzig Jahre lang war er bei mir geblieben. Doch hatte ich das Versprechen gegeben, ihn weiterzugeben. Nun hatte ich ja einige Reisende kennengelernt, zum Beispiel Didi, der mit einem bemalten Stein durch die Welt fuhr, und ihn den berühmten Leuten in die Hand gab, um sie zu fotografieren. Oder er stellte ihn bei bekannten Bauwerken ab, und machte ein Foto, so zum Beispiel beim Eifelturm. Er wäre ein würdiger Ringträger gewesen, doch ich war noch nicht so weit, ihn aus der Hand zu geben. Ich musste ja auch gottlob nicht nach Mordor ziehen, auch machte mich der Ring nicht unsichtbar, doch verzaubert hat er mich schon. Auch an eine bekannte Abenteurerin dachte ich, die mit meiner Aimy in Tibet umhergewandert war und in Peru Machu Pichu erklommen hatte. Doch nein, auch die nicht. Sie war übrigens auch die Geigenspielerin bei der Angel, Devil and Company. So beschloss ich, ihn nach Griechenland mitzunehmen, wo wir heuer hinfahren wollten, und zwar auf die schöne ruhige Insel Skyros. Dort würde ich sicher jemanden finden, der ein würdiger Ringträger ist. Bissal ein schlechtes Gewissen hatte ich ja, dass ich ihn so lange behalten habe. Aber gut, die Liebe in Delhi hat gesagt, freu dich daran. Das hat halt einige Jährchen gedauert

Wir wühlten im Internet um einen schönen Urlaubsort in Griechenland zu finden. Da trafen wir auf

SKYROS,

eine kleine Insel in der Ägäis. Wir buchten zwei Wochen im Skyros Palace Hotel, einer kleinen Anlage nahe der Hauptstadt Skyros (auch Chora genannt.) Mit einer Fläche von 208 km² ist die 25 Seemeilen östlich von Euböa liegende Insel die größte dieser Inselgruppe. Gleichzeitig bildet Skyros eine Gemeinde (δήμος) in der Region Mittelgriechenland. Skyros wird vor allem im Westen von zahlreichen kleinen Inseln gesäumt – erwähnenswert sind Valaxa und Skyropoula ('kleines Skyros'). Auf den Inselchen Notios Podies und Voreios Podies vor der Nordküste befinden sich Leuchttürme. Während der südliche Teil der Insel gebirgig, karg, steinig und unbewohnt ist, ist der etwa gleich große nördliche Teil, in dem fast alle Inselbewohner leben, von üppiger Vegetation und großen Aleppo-Kiefernwäldern [2] geprägt. Höchste Erhebung der Insel ist mit 792 m ü. d. M. der Berg Kochylas. (sagt Wikipedia)

Wir freuten uns schon, als wir dann im August von Schwechat wegflogen. Nach einem angenehmen Flug landeten wir am Militärflughafen Skyros. Es gab nur eine kleinere Halle, wo die Zollformalitäten erledigt wurden. Wir wurden von einem langhaarigen braungebrannten Reiseleiter freundlich begrüßt:
Welcome in Skyros.
Wir fuhren mit dem Bus durch wunderschöne Landschaft zu unserem Hotel. Es war eine kleine, beschauliche Anlage mit Pool und zum Meer war es auch nicht weit.

Ja, hier konnte man es richtig genießen. Schwimmen, einen Drink an der Bar, Strandspaziergänge, Tischtennis spielen, am Abend Zumba Dance, plaudern mit den Anderen. Auch das Zimmer war gemütlich und Aimy gefiel es sehr gut. Sie machte oft lange Strandwanderungen und ich ging ihr dann entgegen. Es war schön, sie von weitem am Strand

zu erblicken, und näherkommen zu sehen. Dann gab’s einen langen sandig-salzigen Kuss.
Gegen Abend fuhren wir oft mit dem Bus in den Ort Chora, der befand sich auf einem Berg. Echt, Griechenland wie vor 50 Jahren. Schmale Gässchen, kleine Geschäfte und Lokale, ein Ort zum Verweilen. Hier lernte ich auch einen Kaufmann kennen, der einen schönen Laden mit lauter Ramsch hatte. Er sprach gut Englisch, und wir verstanden uns prächtig, hatte ich doch auch einmal mit Schmuck und Gewand gehandelt. Ja, und er bemerkte meinen Ring und war fasziniert, so ein schöner Ring. Ich nahm ihn vom Finger und sagte:

„Hier, er gehört dir“
Der Händler war verblüfft, wollte ihn erst gar nicht annehmen, doch als ich ihm die Geschichte des Ringes erzählte, nahm er ihn dankend an und versprach, ihn an eine geeignete Person weiterzugeben, damit er weiter um die Welt reisen konnte. Ich dachte, der Händler trifft einen Haufen Leute, der findet sicher den Richtigen, der den Ring weitertragen könnte. Und außerdem gefiel ihm der Ring so gut, und er wusste ihn zu schätzen. Immer, wenn wir danach nach Chora kamen, besuchten wir den Händler und tranken gegenüber im Café einen G´spritzten. Dann wandelten wir durch die Gässchen, besahen uns viele Geschäfte, Aimy wühlte in den Gewandläden und ergatterte sehr hübsche Blusen. Nach noch ein, zwei Drinks ging es mit dem Bus wieder ins Hotel.
Am nächsten Tag hatte ich eine Idee. Ich wollte meinen zweiten Roman schreiben. Den Nachfolger von Atscha, also Atscha reloaded.

So, da saß ich nun, an einem wunderschönen Ort in Skyros, im Palace Hotel und begann zu schreiben:

Es geschah einmal in einem Analytik Labor, dass der mit dem Atomabsorbtionsspektralphotometer gemessene Wert nicht mit den Wünschen des Probeneinsenders korrelierte ....

Das Kreuz
Es ist das Symbol, dass wir von Gott geliebt sind und uns vor dem Tod nicht fürchten müssen.

Ernst Perfahl:

Geboren am 24.6.1948 in Enns
Volksschule in Enns
Gymnasium in Linz
Laborant – Lehre in Linz

1970-1975 ausgedehnte Reisen in den Orient und Afrika

1975 bis 2005: Beruf Chemiker
1975 – 1983 Donaupharmazie Linz
1983 – 2005 AGES – Agentur für Gesundheit und Ernährungssicherheit

2002 - 2005 Öffentlichkeitsarbeit (Videos, Powerpoint etc. in der Fa. AGES)

2005 bis jetzt selbstständig, Firma EARFILM
Produktion von Videos: Dokumentationen, Firmenimages, Musikvideos

zwei Kinder, Maik und Bianca, zwei Enkerl, Valli und David

1993 Buchpräsentation des Romans ATSCHA

1996 Buchpräsentation des Romans ERDE

1997 Ausstellung „Scherbenbilder“ im CDB, Ursulinenhof Linz

1997 Präsentation beim ORF OÖ der CD-ROM „das metaphysische Kipferl“ (Bilder, Filme,

Kurzgeschichten

1998 Premiere des Filmes „Scherben“ im CDB, Ursulinenhof Linz

Ab 1998 zusammen mit Gaby

1999 - 2004 Produktion verschiedener Filme unter EAR-Film, (Experimental, Musikvideos, Dokumentationen.)

2004 Ausstellung „Bewegte Bilder“ Bilder und Videos im CDB, Ursulinenhof Linz

2005 Buchpräsentation des Kurzgeschichtenbandes SPIEGELSTADT im AEC Loft

2007 Aufenthalt in Senegal, Filmprojekt

2008 Movimento, Programmkino Linz, Filmpremiere „Magie und Musik in der Casamance“

2013 Ausstellung „Printer Project“ in der Clubgalerie, OÖ-Kulturquartier

2013 Buchpräsentation „Vom Verschwinden der Materie“ in der Clubgalerie OÖ-kulturquartier

2014 Buchpräsentation „ICH GING, Das Buch der Wanderer“ im Ars Electronica Loft

2015 Ausstellung „Das metaphysische Kipferl“ im OÖ-Künstlerbund

2016 Ausstellung „Zugfahrt“ im Atrium Linz

2017 Ausstellung „Zugfahrt“ im OÖ-Künstlerbund